空中的飞禽

[美]威廉·朗 / 著

陈娟 / 译

重庆出版集团 重庆出版社

图书在版编目（CIP）数据

空中的飞禽 /（美）威廉·朗著；陈娟译. — 重庆:
重庆出版社, 2020.11
ISBN 978-7-229-14499-9

Ⅰ.①空… Ⅱ.①威… ②陈… Ⅲ.①儿童小说—长
篇小说—美国—现代 Ⅳ.①I712.84

中国版本图书馆CIP数据核字（2020）第113809号

空中的飞禽
KONGZHONG DE FEIQIN
［美］威廉·朗 著　　陈 娟 译

责任编辑：周北川
责任校对：李小君
封面设计：璞茜设计

重庆出版集团
重庆出版社 出版

重庆市南岸区南滨路 162 号 1 幢　邮政编码：400061　http://www.cqph.com
三河市金泰源印务有限公司
重庆出版集团图书发行有限公司发行
E-MAIL: fxchu@cqph.com　邮购电话：023-61520646
全国新华书店经销

开本：787mm×1092mm　1/16　印张：12　字数：156 千
2021 年 1 月第 1 版　2021 年 1 月第 1 次印刷
ISBN 978-7-229-14499-9

定价：25.00 元

如有印装质量问题，请向本集团图书发行有限公司调换：023-61520678

《传世动物文学书系》（100卷本）简介

　　动物文学资源丰富多彩，被介绍到中国来的外国作品只是其中很小的一部分。到目前为止，图书市场上没有一套成系统、有规模地囊括世界各国动物文学的书系，《传世动物文学书系》就是要把世界各国优秀的动物文学作品，分批次、成系统地介绍给中国的少年儿童读者，让他们对动物文学的多样化有一个全方位、新鲜的了解。本书系计划出版100本。

　　动物不只是冷漠无情、凶猛好斗，它们也有天真单纯、优雅有趣的一面；我们也能发现它们的灵性与智慧，还感受到它们友爱的家庭氛围，甚至被它们的自我牺牲精神所震撼。动物的世界是人类世界的缩影，动物的生活和人的现实生活一样，有悲欢离合的故事，也闪烁着打动人的美德。读每一本书就是在森林里上一堂课，从这些森林课堂里孩子们会懂得许多有关人与自然的道理，明白人和动物不是仇敌，而是平等的灵魂。只有理解、尊重并爱护它们，才不会遭致它们的误解，才会得到它们善意的回报。

　　让我们走向大自然，走进神秘的动物世界，近距离了解与我们同一片蓝天、同一个家园的朋友——动物。

谨以此书的研究成果献给为了呈现更具活力和吸引力的自然课，而将科学领域外那广阔的自然领域和超越理念世界的事实加以呈现的美国教师们。

前　言

　　自从《丛林动物之路》和《荒野中的小径》及新近的《林中秘密》出版后，出版商和笔者听到了许多读者的呼声，要求我们出版插图更丰富的精装版；在后续版次的印刷过程中，这种呼声日益高涨。《田间的野兽》和《空中的飞禽》二书便主要是为了回应这一要求而出版的。书中包含了此前的大部分随笔，同时又提供了大量的全新内容，使得读者对丛林动物产生更立体、更深层的认知。

　　本文采用的鸟兽名都取自于加拿大本土印第安人。书中偶有提及的那些传说从未被文字记载，而都是笔者在荒野深处的营火边听到的；书中的事件和随笔都是忠于事实的，是笔者对野生动物多年的观察和追踪中亲眼确证的。

威廉·朗

1901 年 8 月

于康涅狄格州斯坦福德

译者序

陈 娟

提到精彩的动物世界，小读者们自然而然地会联想到陆地上威风凛凛的大型走兽，或是我们身边憨态可掬的猫狗，但别忘了，我们身边还住着一群能歌善舞的老邻居，那就是《空中的飞禽》。

作者威廉·朗是美国鼎鼎有名的自然学家，他热衷于荒野探险，一生中出版了大量和自然息息相关的小说。在本书中，他用自己的一支妙笔，描绘了不同鸟类的生活习性和与它们相关的秘闻趣事。

书本的素材来自于神秘的大自然，建立在耐心细致观察的基础之上。尽管如此，作者没有板着一张呆板的老学究脸，语重心长地进行让人昏昏欲睡的"科普"，而是选取了十几种极具代表性的鸟类，用通俗易懂的语言，分门别类，把关于鸟儿们的趣事娓娓道来。你们知道吗？在遇到追捕时，松鸡会靠装死来躲避危险，连最聪明的猎狗也能唬过；为了帮助刚出生的小秃鹰学会飞翔的本领，老秃鹰会狠心把它强行从巢里"推"出去；外观憨笨的野鸭，竟然是精通躲藏术的大师；叫起来令人发毛的潜鸟们竟然是一群非常有趣的家伙，它们不仅好奇心爆棚，还会扎堆聚在一起卖力叫喊，在旷野的回声中自娱自乐；为了搭建结实而美观的巢穴，黄鹂会开动脑筋，四处搜寻漂亮的建筑材料，为此不惜用尽千方百计；发现自己的丛林伙伴遭遇危险时，平常显得跟大伙儿格格不入的翠鸟竟然也会偷偷地通风报信；母麻鸭会用心良苦地把捉来的小鳟鱼"放"到安全的浅水区，以此来训练孩子们的捕鱼技能；个性凶猛的大角鸮竟然是个"近视眼"，以至于在捕捉猎物时经常看走眼，闹出了不少的乌龙；鸟中的"无赖"乌鸦最喜欢凑热闹，偶尔还会搞点恶作剧，让丛林里的邻居们无可奈何；雪鸮的捕猎技巧高超得令人称奇，甚至会蹲在冰面上捕捉水下的活鱼；素有"金嗓子"之称的白喉带鹀最是友善可爱，是人类在荒凉的旷野里最温暖的小朋友。凡此种种，可谓精彩纷呈，妙趣横生。

看到这里，小读者们，你们一定也像我一样，对这些美丽可爱的鸟儿们产生了强烈的兴趣吧？要知道，这只是书中有趣故事的冰山一角哩。如果你们还想知道更多关于鸟儿们的趣事，就请跟随我一起，来翻开这本长着翅膀的书吧！

陈娟

2018 年 10 月

目录

到了傍晚，它会横掠过湖面，舒展着不知疲倦的翅膀朝着西方的落日而去——它充满了力量，又是那样孤独，这让它永远显得那样强大、高贵而又威猛，是这雄浑、寂寥而又恢宏的荒野的完美象征。

它收起了翅膀，眼看就要在下方的森林里摔个粉身碎骨。这时，母鹰像道闪电般飞掠到它的身下，它绝望的脚碰到了母亲双翅间宽阔的肩膀。它先是纠正了自己的姿态，定了定，这才恢复了神志；随后，母鹰毫不犹豫地自它身下坠，任由它凭靠自己的翅膀下落。被它的爪子撕下来的一小撮羽毛在它们身后慢悠悠地打着旋儿。

榉林老山鹑

在所有的野生鸟类中，仍在我们仅剩的荒原上出没的披肩榛鸡——我们年轻时管它叫山鹑——也许是最具野性、最为警觉、最能引发我们联想的那些生活在原始荒野的鸟。你从山坡上的草地进入森林，在那古老的灰色树篱前徘徊，望着光和影在桦树布林带上嬉戏。你目光平静，落在这由柔和的色彩杂糅而成、任何画笔都无从模仿的混合色上：秋日的地毯呈现浓烈的古金色，腐朽的树桩由真菌描染成闪着微光的灰绿色。在几代以前，在那棵大树还繁盛着的岁月里，定是巨木参天；相形之下，那些刚从树根里抽出条儿来的桦树都显得多微不足道啊！你不禁想起荒野的河边那些高耸的纸皮桦来，比倚在其下搭建的小帐篷还要白；它们青棕色的阔叶随风摇摆，像从中飞过的猫头鹰扑扇翅膀的动作

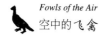

那样轻柔，在暮色中如影似魅。这时，一丝隐隐的遗憾侵袭了你的心，我们的荒野，连同那些深爱着它的孤寂的那些害羞的动物们，已经一去不返了。

忽然，树叶间响起了一阵沙沙声。有什么东西从那截老树桩旁掠了过去。片刻之前，你以为那不过是一根棕色的树根；可现在，它却能跑能躲，还笔直地立了起来——"魁噫""魁噫""魁噫"！随着一阵呼呼地拍打翅膀的动静，落叶打起了旋儿，一只松鸡腾空而起，随即飞闪而过，像一支装了燧石尖、粘了灰色箭羽的钝箭，在被惊扰了的桦树枝之间远去了。当你轻轻地跟在后头想再次把它唤出来时，它却出人意料地冲了出来，让你又喜又惊，不自觉地像印第安人那样蹑手蹑脚起来。所有对荒野的遗憾随之而消失了，那些美好的旧时光依然有着如此强烈而富于说服力的野性，让你由衷地感到高兴。

正是由于披肩榛鸡这种无法压制的野性，再加上早年间形成的一大堆可怕印象，每当有松鸡从我的脚边突然飞走时，我总会心跳加速，犹如听到了一首旧曲一样。我清楚地记得，在一种不可抗拒的吸引力下，当年的那个孩子偷偷地溜进静谧的丛林里，尽管那些个影影绰绰的树拱和幽静的小径充满了神秘和挥之不去的恐惧气息。他会一步步地走近重重的树影深处，像林鼠一样好奇，又像兔子一样胆怯。突然，一阵迅疾的沙沙声传来，有样东西声势如雷电从地上冲了出来，让这孩子的心第一次怦怦狂跳起来；接着，那东西竟然碰到了他的脚跟，出于恐惧，他从丛林里冲了出去，还在那古老的灰色树篱旁摔了个倒栽葱；身后的那样可怕物事让他一路惊惶地奔逃，到了草地中央才敢停下脚步。不过，他最终还是会在另一种冲动的牵引下再次偷偷地回到丛林里，畏缩着，警觉着，像望哨的狐狸一样紧张，想找出那大肆骚扰这片幽静丛林的可怕东西。

最后，他终于搞清楚了——正如黑豹的幼崽就像我想象的那样不足为惧，这次的发现也是一样。有一天，在森林里那个可怕的闪电般的东西突然逃走的地点附近，那孩子听见了"咯咯"和"魁噫"的叫声，并看到了一只漂亮的鸟。见到孩子后，它闪躲开来，滑翔了一段距离后停了下来，躲在一片矮树丛里，观望着他的一举一动。当孩子飞奔而去，想把自己的帽子扣在鸟身上时，它便仓促飞走了。然后，就只听见"呼呼！呼呼！呼呼！"在他身边竟然蹿起了好大一群松鸡。他吓得腿软，倒在涡流般的落叶中间，把耳朵捂了起来。但这次，他终于知道那玩意儿到底是什么了。没过多久，他就站了起来，开始奔跑，但并不是往远处跑，而是以他的那两条小短腿能接受的速度狂奔起来，直到眼见着最后一只鸟也一头扎进了树林深处。在它离去之后，被它的翅膀撞到的一根桦树枝还在摇摆着，似乎是在跟他说再见。

还有另一个回忆与这种鸟相关，正因如此，每当听到它在林子里振翅而过时，那种兴奋便又多了一层。那是九月里一个叫人昏昏欲睡的下午，在十字路口的那所老学校里，半大的男孩女孩们在老师的讲台前面踮着脚尖，绞尽脑汁地做着拼写题。剩下的学生则在做布置下来的作业，打发着这沉闷的时间。突然，一阵巨响传来，然后是玻璃被打碎时稀里哗啦的声音和坐在窗边的那个男孩的大叫声。随之，二十多个女孩跌跌撞撞地躲到了桌子下面，而二十多名男孩则全都跳了起来。在所有人还没有摸着头脑

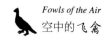

的时候，吉米·詹金斯已经跳过了两排椅子，用两膝夹住了一样东西。

"我逮住它了。"他宣布道，神气得活像个将军。

"逮住什么了？"老师吼道。

"逮到一只山鹑，是个老家伙。"吉米说。说着，他直起身来。只见他的两腿之间竟然夹了一只漂亮的公山鹑，逐渐僵硬的翅膀还在痉挛似的在两侧的身体上拍打着。它原本住在附近的林子里，被几个猎人吓得魂不守舍，从自己的老巢里飞了出来。等来到从未接触过的开阔地带时，它愈发惊恐难安。受了惊吓的松鸡通常都会飞直线，于是，它便像道闪电一样冲破了校舍的窗户，自己也在冲击之下丧了命。

三分律、立方根和部分付款，那些让人云山雾罩的纷杂知识点，给当时在座的某位学生多少留下了些模糊的印象；可那只鸟是那么生机勃勃，趣味盎然，承载了来自丛林的隐秘呼唤，以至于它唤醒了那间昏昏欲睡的教室，让那位乐于在夜晚攻读律法却无心在白天观察他的学生的沉闷的老师，教授了一堂充满活力的课——那是一只值得被尊重的鸟。从那以后，我对研究它的兴趣就更为浓厚了。

然而，不管你多么煞费苦心地研究松鸡，除了知道它性野难驯以外，你几乎学不到什么。当你在森林里躲着不动时，偶尔会有一只松鸡朝你藏身的地方走过去，你能有幸清楚地看见它一次，对它产生一两分了解；但很快，它就发现了你，把身体挺得像根绳子那么直，一动不动地定睛地端详着你，能持续五分钟之久。然后，打破自己的游戏的新纪录后，它就飞之夭夭了。随着爪子在地上扒拉树叶发出的沙沙声，和带着些许询问意味的"魁噫""魁噫"的叫声，它已经消失不见了。它才不会像狐狸那样杀回马枪，躲到另一边去看看你到底是何方神圣。

最初的文明进步对于松鸡而言多有裨益，为它提供了丰沛的食物，赶走了它的天敌。但是，跟其他鸟类不同的是，越住得靠近人居环境，它的野性反而会变得越来越重。有一次，我在荒原上饿得饥肠辘辘，于是在木棍的尾端系了根用绳编的套索，用它套住了两只山鹑的脑袋。如果谁有意用这个小发明来捕捉高地山鹑，甚至身临其境一展身手，不如先在黄昏时试着用它来捉捉蝙蝠。

但是有一只松鸡——也是我在丛林里见过的所有松鸡中野性最足的一只——在不经意间，向我展示了它生活习性的方方面面。在经过了几个考察季的观察以后，我也与它渐渐相熟了起来。在那个村子里的所有猎人都认识它；有好几个男孩手里有枪，同时也渴望加入猎人的行列的，也都有举枪射击过它的经历。远近的人们都管它叫"榉林老山鹑"。熟知它的习性和惯用套路的人都不会否认，这是一只老鸟；在村外几里远的地方有一条小溪，溪边有一片榉木林，那便是它屡次被人突袭而受惊的地方。

尽管由于松鸡的颜色有着显著的差异，而引发了关于松鸡种类的大量讨论，但我个人认为我们所见的松鸡只有一种，它们颜色主要是由于其所处环境的不同才会呈现出各种变化。在所有的鸟类中，松鸡在安静时是最难以被察觉的。它藏身在树的根、茎、叶之间，通过变色，它能与环境完美地融合在一起。它令人叹为观止的"隐身术"是因为它变起色来易如反掌。就像兔子一样，

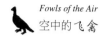

它的毛色在夏季会变深，在冬季则会变浅。当它住进幽暗的丛林里时，会变成富有光泽的红褐色；而当它在桦树林里出没时，通常又会呈现明显的灰色。

这一点在桦林老山鹬身上体现得淋漓尽致。当它把尾巴舒展开躲进山毛榉林里时，它的颜色与灰白色的树干融合得如此完美，以至于只有靠着一双慧眼才能认出它来。躲闪者的任何技巧，它都烂熟于心。只要它飞身而起，一秒钟不到的时间里，它就已经消失于横亘在你与它之间的一棵大树后头，以此来遮掩它飞行的路线。我不知道它那翅膀已经被枪瞄准过多少次了。我认识的每一个猎人都有过多次这样的尝试，而每一个在秋季的树林里闲晃的男孩都曾试图把它射倒在地上。可它连一根羽毛也没掉过；而且，它从来不会与猎犬对峙站立过久，以免我们趁机要诡计抢了它的风头。

假如一窝小山鹬听到有狗在森林里奔跑，它们通常会来到低处的树枝上，好奇地冲着狗"魁噎""魁噎"地叫。它们还不清楚狗和狐狸之间的区别。这是它们族群的宿敌，它们在荒野里的祖先曾用相同的招数躲避和戏弄它。不过，假如你面对的是一只老鸟，你的猎犬在追踪的时候，它的反应则会巧妙狡黠且花样迭出，令人称奇。当我们那条叫唐的老猎犬靠近时，松鸡便会猛然挺直身体，靠在树桩旁观察它。接下来，它们俩会像雕塑一样相对而立；受一种能为它指明方向的奇异本能牵引，狗在视觉、听觉和其他方面都较弱，唯有鼻子能分辨气味。此时，松鸡像根琴弦一样浑身紧绷，每一处神经都保持着警觉，望着那个它自觉能凭借高明的藏身术愚弄过去的敌人。好大一会儿，它们都一动不动；这时，松鸡开始偷偷隐躲，悄然滑翔到了一处更隐蔽的地方。由于那股浓烈的气味从鼻子下面消失了，猎犬唐不再僵立不动，也跟着追踪而去。松鸡听到了它的动静，便再次靠着树桩一动不动，在那里它可谓是隐形的；这次，唐又一路嗅探着赶了过来，一只脚抬起，鼻子和尾巴呈一条直线，仿佛已经被冻僵了，再也不能动了一样。

于是，就这样，松鸡一会儿在隐藏处之间滑翔，一会儿又像块石头一样一动不动，直到它意识到，只要自己保持不动，狗就会像被麻痹了一般，既不能动，也没有知觉。于是，它便把身体挺直，抵在一根树根或布林线上。它们俩就这样站着，彼此距离不过二十英尺远，纹丝不动，目不转睛，直到狗因为长时间僵立而耗尽了力气，或纵身一扑而打破僵局，或直到猎人踩在落叶上的脚步声让松鸡又多了重恐惧，它才会起身飞走，穿过十月的丛林，去往更深的荒僻之地。

有一天中午，我看见一条叫老班的本领出众的猎犬，嗅探着来到了一个绝佳的地点。我看到有一只松鸡在它面前的一丛杂乱的灰色灌木里露出了头颈，正在警觉地观望着它。为了测试自己猎犬所受的精心训练的成果，老班的主人提议就在此地吃午饭。我们往后撤了点儿，留出了一点空地，一边注意观察着那边的鸟和狗，一边装模作样地吃着东西。随着用餐的推进，我们观望得越发起劲了。老班像块石头一样僵立着，而松鸡也从那堆杂乱的

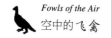

灌木丛中凝视着它。我们吃饭的时候，它们俩的动作还没有眼皮来得多。这时，老班的主人胸有成竹地抽起了他的烟斗。最后，整整一个小时过后，他在自己的皮靴跟上重重地敲熄了烟斗，伸手去拿自己的枪。而这意味着松鸡的末日到了；但我并不愿意看到它振翅疾飞的生涯就此终结，因为它已经给我带来了极大的乐趣，我欠它的。老班的主人刚转过背去，我便捡了块木头疙瘩用力地朝那片杂乱的灌木扔了过去。松鸡应声飞走了。听到鸟翅呼扇的声音，老班从恍惚中清醒过来，掉转过头，顺从地回到主人身边。只见它歪着头，

那眼神好像是在不无责备地说："你这里究竟是怎么回事——难道刚才我把它拖住的时间还不够长吗？"

不过，榉林老山鹬的心思跟别的鸟都不一样，它不会跟任何狗对站超过一秒钟，因为它太了解这其中的门道了。只要听到猎犬的脚步踩着落叶嗒嗒地走过来，它就会立刻跑开，躲藏起来，然后再跑，让猎犬和猎人都一直跟着跑动，直到让它找到理想的藏身地为止——茂密的树林，或是一片缠在一起的野葡萄藤——那时，它便会突然出现在遥远的另一端。不管多么锐利的眼睛，也只能在它消失之前瞥到一眼它那灰色的尾羽。其他的松鸡的飞行轨迹都较为短直，因此容易跟踪和再次发现；唯有它，扑扇着一对强有力的翅膀飞出超乎寻常的一段距离，还要向左或向右来个大转弯。所以，跟踪它只是徒然浪费时间而已。在你找到它以

前，它的翅膀已经放松完毕，准备着再次起飞了。就算你最终发现了它，它也会像箭一样从松树顶上窜出去，你永远也别想一窥它的尊容。

大部分时间里，它都住在老驿道东边一处叫"菲尔斯家"的废弃农场后的一道山脊上。这里是它的中心栖息地，有适于藏身的密林，也有菝葜丛和阳光充足的岩脊空地。任何季节，只要你运气好，都能在特殊的日子里遇见它。但它有着跟纽芬兰驯鹿一样属于迁徙类的直觉。每到冬季，它便会和其他的二十多只松鸡一起向南飞，来到山脊脚下。那里陡峭而下，连着一片小山、沟壑和阳光充足、未经破坏的山谷，食物充沛。五十年前，这里是农场放牧用的草场，现在却四处长满了灌木、浆果和野苹果树等适宜鸟栖的植物。季节适宜的时候，所有的鸟类都喜欢这里；鹌鹑把窝安在边上，而你几乎能从任何一处衰败的矮树丛里或长满了青苔的空心圆木里踢出一只棕兔来。

到了春天，它又会越过山脊朝北往回飞去，重新住进那仍然幽暗的森林里。它在里面妻妾成群，还生养了好几窝小山鹬；只不过，它对自己的这些妻儿所表现出的冷漠也足以让你瞠目。

在这片栖息地里，有一条贯穿其间的溪流——它从广袤的大森林里悄然流出，哗啦啦地沿着山脊的下缘跑过，叮叮淙淙地穿过那片旧草场——榉林老山鹬对它似乎很是喜欢。我曾在溪流两岸见

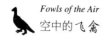

过它上百次。想要跟上它的踪迹，你得选在十一月，任何哪天的八点以前都行，那样你就铁定能见到它。但至于它为什么会选在这个特定的季节和时间点于此出没，我一直也没弄明白。

有时，我也会觉得疑惑，因为从没见它喝过水。其他的鸟都有它们惯用的饮水地和浴池，我也经常躲起来观察它们；可哪怕在弄清它的栖息地以后，我已经见过它多次，却从未见它碰过水。

一个初夏的早晨，一个可能的解释浮出了水面。那时，我正安静地坐在森林边缘的溪流旁。刚从池塘里钓起一条鳟鱼来的我，疑心还有条更大的躲在水下，正等着水面恢复平静。这时，一只母松鸡带着它的一窝雏鸟——那是桦林老山鹬无所付出的众多家庭中的一个——沿着树林的边缘一路滑翔而来。显然，它们是来喝水的，但溪流并不是它们的饮水处，自有一股甘甜醇酿等着它们的到来。此时，草叶上仍挂着露珠；从叶尖上滑落的露滴四处可见，如钻石一样在晨光中熠熠生辉。小山鹬们吱吱地叫着，扑扇着翅膀，在下垂的草茎下鸣唱着，只要被哪颗闪亮的露滴吸引了，就会抬起它们小小的喙去接它，把它喝下去，然后发出小小的雀跃的"啾啾"、"咯咯"的叫声，跑到在被压弯了的草叶上闪耀着诱人光芒的下一滴露珠那里去。母鸟安详地在它们中间踱着步，不时地关照一下落后的雏鸟，或咯咯地叫唤着，把它们集中到一起，聚成急切的、欢蹦乱跳的、唧唧有声的小小一群。当母松鸡在叶片的背面发现了一只肥美的蛞蝓时，它们便争先恐后地争夺它的处死权；时不时地，母鸟也会喝掉一颗对于雏鸟们而言挂得太高的露滴。就这样，这野生、怕羞而又幸福的一家子就从距离我仅有几码之远的地方走了过去，消失在广袤森林的阴影之中。

也许这就是我从未见过榉木老山鹑从溪流里饮水的原因。大自然有更为新鲜的醇饮，那是用它独有蒸馏技术提炼的，更对老山鹑的口味。

就在那个考察季早期，我还曾在相同的地点发现过它的另一个家庭。那时，我正在一条林道上悄然前进，却不期然撞见了正在一处阳光明媚的空地上扒拉蚁丘的它们。我的出现引起了一阵狂乱的骚动，使得蚁丘如同遭到了旋风的袭击一般；但那不过是母鸟的翅膀带起来的风，它想叫飞扬的尘土遮蔽我的眼睛，这样，它那窝毛茸茸的雏鸟们惊慌失措的撤退便能得到掩护。它的双翅又一次拍击着地面，激起了一片裹挟着落叶的疾风，而小山鹑们在中间蹦跶着匆匆跑开。它们看起来像极了那些落叶，没有人能辨认得清楚。不久，落叶缓缓地落到了地面，而那窝雏鸟也仿佛被大地吞噬了一样，失去了影；母松鸡在我正好够不着的地方一路扑腾着。它拖拽着一侧的翅膀，好像折断了般，向前扑倒在地，变着花样地叫着，不断卷起落叶，好让我把注意力从小家伙们藏身的地方转移过来。

刚进到树林边缘以里的位置，我就发现整窝雏鸟中落在最末尾的那只也已经像道褐色的影子般消失不见了，于是，我便跪了下来，仔细寻找它们。过了一会儿，我便找到了一只。它整个儿蜷缩在一片干枯的橡树叶上，虽然就在我眼皮子底下，可它羽毛的颜色却巧妙地让它藏了起来。在一片纠结的黑色树根之间，有一样东西在闪闪发亮，叫我给发现了。那是一只眼睛。于是，我很快就辨认出那儿的一个小脑袋来。尽管在我周围还有十几只松

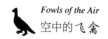
鸡，而它们大多数都藏在树叶下面，但这就是我全部的发现了。正当我跪着往后退时，在我还没能看清的时候，我的手又碰到了另外一只，险些就把这狡猾的小东西给弄伤了。它倒是始终一动没动，就连我揭开盖在它身上的那片叶子、再轻轻地盖回去的过程里也是如此。

在小径的那一边有一棵茂盛的冬青叶栎，我在树下坐了下来，方便观察。漫长的十分钟过去了，一切都风平浪静的，直到母松鸡又悄然回到这里，咯咯地叫了一声——好像是在提醒着："当心！"此时，所有的落叶仍是一动不动。于是它又咯咯地叫了一声——地面是开了裂么？足有十几只雏鸟不知从哪儿冒了出来，并朝母松鸡蹿了过来。它们叽叽喳喳地叫着，嘈杂无比，向它倾诉着方才的遭遇。而它则把它们全部召唤到自己身边，随后便一同消失在了熟悉的树荫里。

榉木老山鹑是如何对这些小家庭出没的荒地严加看守的？这着实令人好奇。尽管它似乎对它们漠不关心，也从未见它靠近过自己的任何一个家庭，但它却不能忍受任何公山鹑进入自己的林地，甚至会在它们能听到的范围内发出击鼓般的声音。冬天，它会与其他的松鸡们和平共享那片南边的草地。在某些特定的日子里，只要趴着"走"上一大段路，你便能在一片洒满阳光的南山坡上碰到一大群松鸡。它们或昂首阔步，或滑翔，大开着尾屏而牵拉着双翅，前进后退，左来右往，把松鸡小步舞的所有动作展现得淋漓尽致。晚秋的一天，我就遇到了一大群这种羽毛华美的鸟，足有十二到十五只之多。其时，它们正在一片浆果灌木丛中进行着奇特的开场表演；在它们中间，有一只表现最虚浮，羽毛最艳丽，最为趾高气扬，叫声也最威风的——那便是榉木老山鹑。

但是，当春天来临时，它那长长的击鼓般的呼声就开始响彻才刚出芽的森林了。它撤回了自己位于山脊上的主栖息地，在林子里两头穿梭，把其他的公松鸡都撵出去，直到它们的叫声传不进它的耳朵里为止。如果有谁胆敢反抗，它便会发动攻击，声响如雷。在大获全胜后，你便能听到它那击鼓般的呼叫响彻五月的生机盎然的森林。这是在极力召唤它的伙伴们一起分享它那富足的生活。

我很快就发现，它的栖息地里有两段木头，它会在上面发出击鼓般的鸣音；又一次，正当它在其中的一段木头上发出这种鼓声的时候，我就躲在另一段木头的附近，用手敲打着我夹克衫里面的一只吹得鼓起的棕色囊袋，惟妙惟肖地模仿着它的鼓声来。松鸡的鼓声是一种沉闷的奇特声响，声源的确切位置。甚至连方位都很难判断；它听起来总是比实际所在的位置要远得多。这一招骗过了榉林老山鹑，让它误以为自己听到的是一只在山谷对面的山脊上离得很远的鸟发出的声响，而那种地方它是不会在意的；因为很快它便又在自己的木头上发出鼓鸣来。我立即发出了回应，再次敲击，表达反抗之意，同时也是通知山脊上所有的母松鸡，此地又出现了一位候选者，

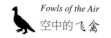

倘若它们肯光临它的击鼓木来见个面，它也能那般神气活现地展开尾屏，高昂着色彩华丽的颈毛，以此来赢得它们的芳心。

榉木老山鹬一定起了疑心，认为自己的领地遭到了外敌的侵犯，因为此后便出现了长时间的静默。而我能想象它站在它的击鼓木上浑身僵硬的样子，它一定是压抑着满腔的怒火，专注地聆听，好锁定那胆大妄为的入侵者的方位。

没等它再次发出击鼓音，我就发起了一轮挑衅。我的鼓声还没停，它便冲到了山脊上空中，像闪电一样在茂密的树枝间飞快穿梭，然后俯冲到属于自己的这根木头上，猝不及防地猛然挺直了身体，等待着入侵者现身。

看到木头上空无一物，它似乎松了口气，但仍然满怀愤怒和狐疑。它绕着那片地方滑翔、躲闪，耳听四路，眼观八方；然后，它又跳到自己的木头上，只不过这次没有像往常那样炫耀和伸展自己流光溢彩的羽毛，而是发出一声拖得很长的鸣叫。叫声刚一落地，它就把自己的身体挺得笔直，脑袋左摇右晃，想要捕捉到仇敌用以回应的第一声鼓音——"有胆子你就出来，有胆子你就击鼓。你这懦夫！"接着，它连着蹦了五六下，跳到了木段的另一端，兴奋得就像暴风雨来临前的大公鸡一样，它那急促而带着颤音的鼓鸣则再次响彻了整片丛林。

尽管我离得很近，即便不用我的双筒望远镜也能把它看个一清二楚，可此时——包括在其他任何目睹松鸡作鼓鸣的情况下——也没法判断到底那声音是怎么发出来的。过了一会儿，当那股因怀疑大敌当前而产生的亢奋劲儿逐渐消散后，它变得狂喜不已，以为自己已经把那个无赖驱出了自己的林地。只见它在木段上趾高气扬地来回踱步，拖着翅膀，把自己华丽的尾巴尽情地舒展开来，高昂着它的冠子和斑斓的颈羽。它会猛地把身体挺直，一双翅膀以眼睛追不上的速度上下扑扇，发出一声作颤的鼓鸣；接着又是另一阵扑扇和另一声颤音。它的速度越来越快，直到看起来像长了两三双翅膀一样，像车轮上急速转动的辐条一样呼呼有声，而它的鼓鸣也彼此连串起来，拖得长长的，而后渐渐消散在森林里。

通常，它会像打鸣前拍打着翅膀的公鸡一样踮着脚趾，极少见它把身体蹲伏下来靠近木段；但我怀疑它是在用自己的翅膀拍击那块木头，这也是通行的说法。不过，那两段木头也不一样。一段干燥而且坚硬，而另一段不仅生了霉，还长满了青苔；而在上面发出的鼓音也像两段木头本身一样大相径庭。过了一段时间后，从它扑扇翅膀的第一下开始，我便能分辨出它正在用的是哪段木头。在我看来，那应当是共鸣作用，属于回响板效应中的一种，而并非因为敲击两段不同的木头时声响不同。无疑，这种鼓鸣声要么是翅膀在背上一起击打时发出的，要么就是翅膀在身体两侧重击而发出的，我个人更倾向于相信这第二种。

有一次，我曾听到一只受了伤的鸟发出这种鼓鸣声。它跌落进了一片杂缠的葡萄丛里，我走进去，发现它后背朝地地平躺着，用翅膀扑打着两侧的身体。

每次在发出鼓鸣之前，它必然会摆出一副趾高气扬的样子来，因为到底有多少双明亮的眼睛在各自的蔽身处羞涩地盯着它瞧，

它自己也不知道。有一次，我发现它耀武扬威地发出几声鼓鸣之后，两只母松鸡从对面钻了出来，也参与到它在木段上的这场小型演出来了。于是，它的那股子目空一切的劲头比先前更足了，与此同时，那两只母松鸡一直在附近来回滑翔，表面上看起来是在寻找可以吃的种子，实际上却在用眼角的余光注视着它的一举一动，这种仰慕让它心里大感满足。

我曾在冬天的雪地里追寻它的足迹，想了解在大自然供给匮乏的这段时间里，它在做些什么，又能找来些什么食物果腹。人和狗是它的死敌，不过由于法律的限制，它们已经不足为惧了。因此，它可以较过去更为自由地在森林里漫游。它似乎知道此时的自己是安全的，而我则不止一次一路追踪到它的蔽身处，目睹它从开阔的林地里呼呼地飞过，在身后洒下一阵雪雾，似乎通过这种奇特的方式，它便能阻止我发现它的飞行路线似的。

不过，它还有一些其他的不受法律限制的敌人，当然，丛林中通行的恐惧与饥饿的法律不在其列。在雪地里，我经常能看到狐狸的脚印和它的夹杂在一起；有一次，跟着一串狐狸尾随松鸡而留下的双重脚印，走出了足有半英里远。前一天的傍晚，这只狐狸曾沿着松鸡的踪迹一路跟到了一片菝葜丛里，在其中的深处长了一棵高大的雪松，那便是桦木老山鹬栖息的地方。狐狸绕着树转了两圈，停下来朝上面观望了一番；它似乎很明白再看下去也是无济于事，于是就径直向着沼泽而去了。

我发现，当积雪很深时，它或其他的松鸡偶尔会在雪地里睡觉。它会从树上一头扎到松软的积雪里，顺势冲出三四英尺远，然后转过身来，在自己又白又暖的小室里歇下来过夜。我能发现它在夜间俯冲下来后形成的小洞，而在附近还会有一个大洞，那是它在被天光弄醒后猛然窜出而形成的。循着它的翅膀在雪地里留下的印记方向而去，我便能找到它的下落，也就能顺势追踪它在清晨的行踪了。

有的人可能会认为这种做法非常危险：当它们就这么睡在只有积雪而没有任何庇身之处的地面上时，一众饥肠辘辘的天敌正在森林里四处游荡；但松鸡很清楚，当风雪肆虐时，它的天敌们都会乖乖地待在巢穴里。在雪地上，什么也看不见，什么也闻不着，它们也害怕自己的敌人会在周围出没。在暴风雪期间，整个森林便会进入停战期；正是因为如此，只有当天上还飘着雪花的时候，松鸡才会在雪地里睡觉。一旦暴风雪结束，雪势稍减，狐狸就会再次离巢而出了；那时，松鸡就回到常青树林里睡觉。

不过，有一次，榉林老山鹑也有马失前蹄的时候。那天晚上，雪早早地就停了。若在寻常，这种时候狐狸都会在蔽身处待着，可饥饿驱使着它在夜里出了洞。黎明时分，天光还没有穿透进榉林老山鹑睡觉的地方。在雪地里发现了一个洞后，狐狸知道，就在它那饥饿的鼻子前方，有一只躲藏起来的、对危险毫无察觉的松鸡。几个小时以后，我发现了这个踪迹，便开始跟踪狐狸。它

是多么慎之又慎啊！那狡猾的行踪里，透着挥之不去的饥饿感和殷切期待。在离那个让它充满希望的洞口几英尺远的地方，它停了下来，敏锐地观看着雪地，想在那光滑的积雪表面找到可疑的圆坑。啊！在那片杜松丛边上的不就是它吗！它蹲伏下来，悄悄地朝前走过去，身体在雪地里推出一条深深的小径来；然后，它稳稳地站定了，跳了出去。就在它落爪的坑洞旁，还有一个洞，那就是松鸡从中蹿起来时形成的。敌人判断失误，竟然少算了一英尺；而它呢，扑腾起撒了敌人满身的雪后，便惊叫着飞到松林里寻找安全的蔽身处了。

敌人还不止这一个。整个早春时节，当积雪还很深，食物仍然匮乏的时候，此人都在跟踪榉林老山鹑，所以应该对它更为了解。有一天，在穿越老山鹑位于南面的栖息地时，我遇见了一个小男孩——那是个机敏的小家伙，对打猎有着如狐狸般的直觉。他总是在琢磨着如何捕捉好玩的动物——水貂、麝鼠、臭鼬，或者猫头鹰——于是我很高兴地跟他打起了招呼。

"你好啊，约翰尼！今天又准备抓点什么——抓熊么？"

但他只是摇了摇头——在我看来，显得有点羞怯——他说了很多话，可对于自己真正惦记的东西却避而不谈；很快，他便消失在那条老路上了。我注意到他夹克口袋的一侧比另一侧要鼓很多，我知道里面一定是个诱捕器。

在那天的黄昏时分，我便发现了他留下的足迹。由于手头没有什么更好玩的事，我便跟了过去。它笔直地通往榉林老山鹑栖身的那片菝葜丛。我此前在这里搜寻过无数次，但直到那只狐狸带着我找过去以前都是一无所获；但是约翰尼曾在某次闲逛时，

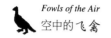

在雪松枝下面发现过它的踪迹和一两根羽毛，于是很快就知道其中的意思了。他的诱捕器就设在前一晚老山鹬站着往最矮的枝头上起跳的地方，四周随意地撒着些玉米粒。此时，一只尾随约翰尼而来的冠蓝鸦已经被困在了陷阱里，被套牢的部位是它眼睛下面的喙基（即鸟喙的基部）。玉米粒被巧妙地用绳子系着搁在盘子里，它啄食玉米粒时，诱捕器就被触发了。

当我小心翼翼地把这只冠蓝鸦从诱捕器里救出来时，它软绵绵地躺在我的手心里，耍起了假死的把戏。我一松开拳头，它便振翅飞到了我头顶的枝头上，尖叫着责问我是不是跟这可恶的装置有什么关系。

我把诱捕器挂在那棵雪松的一根低枝上，在钳口里面放了张纸条，告诉约翰尼第二天过来见我。次日黄昏时分，他一脸羞惭地来了。我跟他讲了一通关于"平等对待"的道理，又告诉他小偷小摸的水貂和规矩本分的山鹬之间的区别。提到那只冠蓝鸦的时候，他失声笑了起来，让我开始怀疑口头教育的约束力来；于是，为了解决这件事，我提议去看看我发现的那个水獭滑坡（水獭滑下水的斜坡），连同选个周六下午一并去远足。此后，他多次告诉我，他曾经一心想捉到榉林老山鹑。不过，在看到水獭的滑坡后，他便发誓不再使用捕鸟器或罗网。不久之后，我便怀着对松鸡的美好祝福离开了那个地方。我心里清楚，自己已经为老山鹑挡住了来自最危险的敌人的枪弹。

几年以后，我穿过那片老草场，径直朝着那片菝葜丛而去。雪地上赫然有松鸡的踪迹——那在松软的皑皑白雪上留下的轻盈脚印，表明大自然还记得它的必需品，给了它一双新的雪地鞋，越穿越顺脚。我匆匆地跑到那条溪流边，无数的记忆片段在脑海里翻腾，我想起那些快乐的日子，想起森林里的动物们的小秘密展现人前时的那些罕见景象。正当我沉浸在回忆中时，一阵叫声响起："魁噫！魁噫！"伴随着拍打翅膀时如雷的动静，一只松鸡倏忽飞走了，那灰色的羽毛和那股子十足的野性，竟和多年前生活在这里的那只非凡的鸟如出一辙。当我向一位猎人询问时，他说："你说那只榉林老山鹑啊？对，没错，它现在是住在那里。以后它也会在那里住下去，直到老死为止。因为你也知道，先生，这一带还没有谁能耐大得能抓住它。"

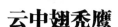

云中翅秃鹰

　　"它又来了！这白头老伙计正在抢劫鱼鹰呐。"
听到吉利兴奋的喊叫声，我从营火后的小木屋里跳了出来，跑到岸边，来到他身边。我的目光越过驯鹿岬，落到聚集了无数白鲑鱼的大湖湾，窥见了一个长而有趣的故事中的另外一章。一只鱼鹰带着一条大鱼从湖里钻出来后，奋力地朝自己的巢穴飞去，那里显然有它嗷嗷待哺的幼鸟。一只秃鹰在它头顶高飞，像命运一样不动声色而又每发必中，一会儿坠下用翅膀拍打鱼鹰的脸，一会儿又用它的那对巨爪轻轻碰碰它，仿佛是在说："能感受到吗，鱼鹰？只要我用力抓紧，你和你的鱼就会一起完蛋了。到那时候，你住在老松树的巢里的那帮小崽子该怎么办呢？还是乖乖把鱼扔下吧；你再去抓一只就好了——我说：扔了它！"

　　在此之前，秃鹰只不过是在骚扰鱼鹰的飞行，和颜悦色地提醒它自己并无恶意，唯一想要的不过是它凭自己的本事没法抓到的鱼。但现在，情况发生了变化，它那王者的脾气蓦然显现了出来。它的一对翅膀呼呼有声，如狂风骤雨，围着鱼鹰打起转来，接着又急促地猛然停下，正好停在它飞行路线的中心点。它用宽大的深色翅膀保持着身体的平衡，黄色的眼睛里凶光乍现，直视向鱼鹰那瑟缩不已的灵魂，而它的爪子已经收了回来，准备好随时发出那致命的一击。印第安人西蒙斯此时已经跑来站到了我身边，只听他喃喃道："秃鹰生气了。鱼鹰马上就会明白了。"

但是这只鱼鹰懂得适可而止的道理，它恼火地叫了一声，把那条鱼扔下——或者说是抛了出去——希望它能落到水里，最好是无迹可寻。但就在这一瞬间，秃鹰冲了出去，头猛地低了下去。我曾见过秃鹰收起翅膀往下坠的情形，那速度让我大气都不敢出。但此时此刻，光这样下坠已经无济于事了，因为鱼往下掉的速度更快。所以它并没有这样做，而是采取了俯冲的方式，因为这样能增加下坠时的重量；同时，它的眼睛向下望去，像闪电一样，赶在鱼落水之前把它抓住，随即又一个大回旋升了起来，以王者应有的姿态稳当而沉着地高飞而去，去往遥远的山上寻找它自己的幼鸟去了。

数周以前，我在马达沃斯卡第一次见到了吉利口中所称的"白头老伙计"。当时，我们正沿着一条通往荒野的河向上而行，忽然听到前面传来一声响亮的尖叫和开枪的砰砰声。我们疾驶过一个被树木遮蔽的河湾，撞见了一个枪口还在冒烟的人：那是个站在河中央准备渡河的男孩。而在河对岸，一只黑羊正在来回跳跃，不停地咩咩叫着。

"它把小羊给抓走了！它把小羊给抓走了！"男孩大叫着。顺着他手指的方向，我看见了白头老伙计——那是只英姿勃发的大

它用宽大的深色翅膀保持着身体的平衡

鸟，在树梢上空高飞着掠过空地。几乎是出于本能，我的手向后伸去，一把抓住了吉利递到我手里的那杆沉甸甸的步枪，从独木舟里跳了出来；手里端着步枪时，下盘得稳当点才行。这是一次远射，但并不很难。老白头保持着自己的仪态向远处飞去，又稳又直。步枪响起后一秒钟，我们眼见着它的身子在半空震颤了一下，偏离了原本的飞行方向；随后，两根白色的大翎毛飘飘荡荡地落了下来。当它转身时，我们瞥见了它宽大的白色尾巴上被打坏了的地方，而这便成了日后我们辨认它的特征。

假如划独木舟走水路，从我们现在站的位置去它的地盘有将近八十英里远；而假使攀山而行，两地的直线距离不过十英里。此间的整片野地和风景秀丽的乡村都是秃鹰的狩猎场，无论走到哪里，我都能看见它：它要么是在沿着河道追寻搁浅的鳟鱼和鲑鱼，要么就是飘浮在能同时俯瞰两三条野湖的高空中，
盯着两三只正在捕捉晚餐的没心眼的鱼鹰。我曾答应过一个博物馆的馆长，要在那个夏天给他弄一只秃鹰，因此便勤勉地搜寻起这种大鸟的踪迹来。但这样的搜寻收效甚微，倒是让我借机了解了秃鹰的许多生活方式和习惯。它似乎全身上下都生了耳目：不管我是像条蛇一样在森林里匍匐而行，还是坐在独木舟里像野鸭一样浮在水面上，它总是能看见或听到我的动静，因此，每每还不等我进入射击距离，它就已经飞走了。

后来，我又试着设陷阱捕捉它。我弄来了两条大鳟鱼，在它们中间放了个捕兽钢夹，把陷阱设在河里一处水浅的地方，我可以站在营地半英里以下的一片断崖上观察那里的情形。第二天，

在这件事上表现得比我还要上心的吉利大喊了起来。我闻声跑了出去，一眼就看见白头老伙计正站在浅水处的陷阱边啪嗒啪嗒地走动。我们火急火燎地跳进一条独木舟，使劲儿向河流上游划去。想到终于抓到了这烈性子的老鸟，我们狂喜不已地唱起了歌。当我们绕过最后一处遮掩着浅滩的岬角时，白头老伙计赫然出现在眼前。此时它还在使劲往外拽着一条鱼，在不到三十码远的地方拍打得水花四溅。当我们绕过岬角向它射击时，它的身体直立了起来，变得僵硬，翅膀半张，头向前伸，眼皮拉得笔直，明亮的眼睛里迸发出对自由和野性强烈渴求的光芒。那副情景让我难以忘怀。这个雄伟的生物就那样站着，直到我们几乎到了它跟前——这时，它才抓着一条鳟鱼悄无声息地飞了起来，而另外那条显然早就进了它的肚子。原来它根本没被陷阱困住，而不过是小心翼翼地在周围绕行。那阵溅起的水花只是它用爪子撕扯一条鳟鱼并设法把另一条鳟鱼从固定住它的棍子上弄下来时闹出的动静。

从那以后，它再也不肯接近浅滩了，因为这次新的遭遇在它心里留下了阴影。它是从峭壁顶上的那株老枯松上能俯瞰到整个地区的王者，过去也一直扮演着狩猎者的角色，但现在却知道被猎捕是什么滋味了。我想，这就是为什么数周之后当我与它在它山上的巢边相遇，当我望向它那双眼睛时，它的目光中出现了一抹弱化了往常那种凶悍的畏惧的原因。

西蒙斯也加入到了我们猎鹰的队伍里来，但热情不高，对此也并不看好。他曾经追捕过这只秃鹰——追寻了整整一个夏季，因为那时有个让他给带路的冒险家出价二十美元，想得这高贵鸟类的皮毛；但是白头老伙计至今仍耀武扬威地穿着自己的那身禽皮。西蒙斯预言它会长久地活下去，一直到自然死亡为止。"别想追到那只鹰，"他言简意赅地说，"我试过一次，根本近不了它的身。它啥都能看见；就算看不见的，它也能听见。再说，它能感应到危险。这就是它把巢搭在那么老远的地方的原因——哦，我也不知道在哪儿。"说这话时，他挥舞了一下自己的胳膊，其中包含了千言万语。正因为如此，这只让他在那个夏季的猎捕中吃尽了苦头的鸟，被他冠以了"老云中翅"的称号。

起初，我搜寻它的方式跟其他任何野蛮人都差不多——当然，部分原因是为了替馆长谋取它的皮毛，部分原因是为了拯救马达沃斯卡居民的羔羊；但最主要的，还是为了杀掉它，在它濒死时拍打翅膀的声音中享受那种狂喜，给这片森林除去一个残酷的暴君。但是，渐渐地，随着猎捕过程的深入，我的想法发生了变化：当我搜寻它时，谋取它的皮毛和取它性命的想法逐渐消失，而寻找它、彻底了解它的意愿变得越来越强烈。当它跟自己的小家伙们吃完东西，终于肯发点儿慈悲由着鱼鹰们消停地捕会儿鱼，自己则开始在驯鹿岬的上空安静地滑翔时，我就守在安扎在大湖边的营地里注视着它，一看就是几个小时。它把自己巨大的翅膀交给微风，像只风筝一样，绕着巨大的螺旋状线路，稳定地向高空攀升，越飞越高，没有一丝吃力的迹象，直到我追随的眼睛看花了为止。我喜欢就这样瞧着它：它是那样强大，那样自由，那样自信——它打着旋，向着更高处而去，从容不迫，游刃有余；每一次转弯，都能接触到越来越近的天际，俯瞰到下方更为广阔的大地。在阳光中，它的头尾闪着银白色的光芒；当它一动不动地悬浮在空中时，在背后澄澈而深邃的六月蓝空的映衬下，像极了女士挂在喉咙处的十字形黑

玉——瞧！它又消失在这一片碧蓝之间，飞到了我的目光无法追及的高空。可就在我目光转开的一瞬间，它又冲了下来，重新闯进了我的视线。它收起了翅膀，像颗铅锤一样笔直地坠了下来，速度越来越快，变得越来越大，所过之处，激起的气流令人惶恐，这让我感觉下坠的好像是自己一样，慌得一跃而起，连呼吸都变得不畅起来。照这种势头，它非坠落在地把自己摔得粉身碎骨不可；但就在此之前，它忽然在空中调转了方向，头朝下，翅膀半张开，斜斜地朝着湖面疾速飞了下去，随即又划了一个很大的弧度飞到了树梢之间，因为在那儿能更好地监视大乌鸦——一种罕见的森林乌鸦——的一举一动，顺便瞧瞧它在捕捉什么猎物：因为这就是秃鹰这般仓促下落的背后隐藏的动机。

有时，它还会在清早出现，像是已经经过一整天漫长的旅程一样横飞到河流上游，带着一股子要行万里路的气势向上空疾冲而去。假如其时我恰好也在盛产鳟鱼的水池旁，而四下又十分安静，我甚至能听见它经过时翅膀发出的如丝绸般柔顺的飒飒声响。到了中午时分，我能看见它高悬在北方最高的山顶上的身姿，那是任谁也无法企及的高度，而它在那里能获得何等开阔的视野，更是超乎想象；到了傍晚，它会横掠过湖面，舒展着不知疲倦的翅膀朝着西方的落日而去——它充满了力量，又是那样孤独，这让它永远显得那样强大、高贵而又威猛，是这雄浑、寂寥而又恢宏的荒野的完美象征。

有一天，在观察它的当儿，忽然意识到，假如没了它，森林和河流将会是不完整的。而到了我们最后猎杀它的那一次，这个想法重又在我的脑子里冒了出来。

那是我们抵达那条大湖当日目睹它抢劫鱼鹰后没多久。经过好一番搜寻和监视后，我在湖口发现了一根巨大的圆木，那便是白头老伙计经常栖息的地方。没多远就有一个很大的涡流，位于一处浅滩的边上。它经常落在那根圆木上等着鱼出现，然后涉水过去抓捕它们。那一年，有一种疾病在鱼中肆虐（这种病每隔几年就会规律性地出现一次，就像发生在野兔身上的一样），以至于它们会从深水处翻腾上来，搁浅在沙滩上，唯一的下场就是被水貂、鱼鹰、黑熊和白头老伙计所擒获，它们可全都在眼巴巴地等着鱼的出现呢。

一连好几天，我都在浅滩边上放了用鳟鱼和白鲑鱼制作的诱饵。头两次，诱饵都是在下午放出去的。到了第二天晚上，两条鱼都被一头熊给弄走了。于是，我改为在大清早放置诱饵；结果，就在当天，还不到中午，秃鹰就发现了它们。它从自己数英里之外的山那边的监视点笔直地飞了过来。它是受了何等奇特的第六感的指引？这不禁让我大为好奇：在这种情况下，视觉和嗅觉都同样是不济事的。第二天，它又来了。于是我便在浅滩上放置了最好的诱饵，自己则带着枪在附近茂密的矮树丛里藏了起来。

等了好几个小时后，它终于来了，双翅带着沉重的呼啸声，从树梢上空坠了下来。当它落到一根倒木上，而它那展开的白色阔尾上出现了那条由我的子弹在几周前打出的缝隙时，我不禁大感自豪。它在那儿站了一会儿，身姿挺拔，器宇轩昂，头颈和尾巴都闪着耀眼的白色；在明晃晃的阳光下，就连它身上那些深褐色的羽毛也在闪闪发光。它缓缓地把头转来转去，锐利的双眼神采奕奕，好像是在说："当心，王在这里！"这话是对青蛙说的，

是对小林姬鼠说的，是对任何有可能躲在灌木丛中观望着它食用死鱼这种不那么具备王者气概的行径的野生动物说的。随后，它跳了下来——不得不承认，动作相当笨拙：因为它是属于上空的生灵，接触地面对它而言是件难以忍受的事——它抓住了一条鱼，旋即用爪子撕成了碎片，贪婪地吃了起来。我曾两次试着向它开枪，但是，一想到枪响后，荒野上从此就少了它这条鲜活的生命，我就踌躇起来。何况，它来到陆地，本已处于劣势，在这种情况对它进行伏击，似乎显得有些卑劣。当它用爪子抓了几条更大的鱼，迅速地窜入云霄，改道西行时，所有谋杀它的想法都不翼而飞了。应该还有些尚在幼年的云中翅，而我一定要找到它们，好好观察一番。在此之后，我对它的搜寻更为勤勉了，但再也不带枪了。一种连我自己也无法解释的奇特愿望占据了我的思绪：亲手摸一摸这难以控驭的、不可亵玩的、属于云和山的生灵。

我的心愿在次日就达成了。沿着秃鹰栖息的那根老圆木的其中一端的边缘生着厚密的灌木丛。我用自己的猎刀劈砍出了一条深入其中的通道，又将灌木丛顶布置了一番，以便能更有效地掩护我。接着，我放置好诱饵，比白头老伙计最早出现的时间提前了足足两小时爬进了我的"窝"里，然后开始了等待。

在自己的位置上，我几乎是坐立难安——正当我开始揣度着凭借人类的耐性能在不触动或惊扰一片树叶的情况下忍受昆虫叮咬和热风的侵袭多久时，一阵丝绸般的沉重飒飒声逼近身畔，我能听见它的爪子抓在圆木上的声音。它就站在那儿，离我只有一臂之遥，心神不宁地把头转来转去。它白色的羽冠闪烁着光芒，明亮的眼睛透出凶狠不羁的神色。在此之前，它似乎从未显得如此之大、如此强壮、如此美丽绝伦过；一想到它就是我们的国鸟，我的心就狂跳不已。我竟能亲眼一睹国鸟，并感受它带给我的那份战栗，这让我感到荣幸之至。

然而我并没有什么时间去思考，因为秃鹰表现得颇为不安。似乎有种本能在警告它有看不见的危险。趁着它把头转过去的一瞬间，我把胳膊伸了出去。尽管这一举动连半片叶子都没有惊动，但它还是闪电般地转过身，蹲伏下来，做好了一跃而起的准备。它的眼睛直勾勾地盯着我，那灼人的光芒几乎叫我难以承受。也许是我弄错了，但当它认出我就是那个胆敢猎捕它这个荒野之王的家伙时，那一瞬间，它那冷酷的逼视好像因为一丝惧怕而有所缓和。我直接把一只手放到它的肩膀上，于是它立刻直冲云霄而去，在树林上空划着偌大的圈子疾飞，目光仍锁在下方的人身上，显然对自己曾受人类力量挟制一事充满了猜疑和畏惧。

但有一点是它不会明白的。当它在我头顶上方盘旋时，我笔直地站在圆木上，抬头望着它，心中一直在想："我做到了，我做到了，秃鹰，你这云中翅。我可以抓住你的双腿，控制住你，把你捆起来装进猎袋并带回营地，但我还是选择放你回归自由。这比向你开枪强。我还要设法找到你的小家伙们，再亲手摸一摸它们。"

在留心观察了老白头的飞行轨迹好几天后，我得出结论：它的巢就在大湖西北方的群山中的某处。我挑了个下午去了那里，在偌大的林子茫然四顾，四下里没有任何显露它行踪的迹象。正惶惑间，忽然看到了一只比老白头更大的秃鹰，应当是它的配偶无疑。它带着食物笔直地朝西边的一道巨崖飞了过去，而此前我曾在湖对岸的山上用望远镜观察过此地。

第二天一大早我就找了过去，没想到这次正是秃鹰自个儿向我展示了它的巢所在的位置。那会儿，我正沿着悬崖脚下搜寻，无意间回头朝湖的方向瞥了一眼，结果竟看到它远远地飞了过来。我立刻钻进灌木丛里躲了起来。它从离我很近的地方飞了过去，栖在了离悬崖顶很近的一块暗礁上。在它身下有一株从岩石表面长出的矮树，树顶上有个硕大的、由一大堆横七竖八的树枝搭成的巢，一只个头很大的母鹰正站在巢边给小鹰们喂食。当我从灌木丛里钻出来现身时，两只大鹰都谨慎地飞了开去，但很快就又都飞了回来。在我坐着用望远镜观察鹰巢和悬崖表面的情况时，它们俩就在我头顶不停地打着转儿。此时谨慎已经没必要了。两只成鸟都已本能地明白了我来这里的原因。假使我能攀到悬崖上去，小鹰们的命运就掌握在我的手里。

沿着高达三百英尺高的山崖的陡峭表面向上攀爬还是挺吓人的。幸好，经过几个世纪的风雨侵蚀，岩石表面已经布满了裂缝和斑痕；从无数的缝隙里生出的灌木和矮树让我能站稳脚跟，有时能让我一次就向上登出十几二十英尺。在我攀爬的时候，两只大鹰盘旋的高度也在持续压低，它们的翅膀发出的巨大呼啸声近在耳畔；随着我手上能抓的东西变得越来越不牢靠，地面和尖尖的树梢被远远地抛在身下，同时，两只大鹰也显得越来越大，越来越暴躁。我兜里有一把好用的步枪，必要时可以掏出一用；不过，假使这两只大鸟对我发动袭击的话，我的处境就危险了：因为有时我不得不双手用力抓紧攀附物，脸紧贴着崖壁，这样一来，我的头顶和身后就破绽大露，它们可以随意对我发起攻击。现在想起来，假如在当时的情形下露了怯，或叫嚷了起来，或试着把它们赶跑的话，它们势必会朝我飞扑过来，暴怒地用翅膀和爪子攻击我。只要一抬头，我就能从它们那愤怒的眼睛里意识到这一点。但是，回想起曾经被我猎捕的经历，特别是那次我还从灌木丛里伸出胳膊来触碰到了它，老白头便生出了些许惧意。正因为如此，我才得以继续稳步向前，尽管内心深处焦虑异常，但还是表现出一副对秃鹰不以为意的样子。就这样，我最终还是抵达了它们搭巢的那棵树下。

我在那儿站了许久，胳膊抱着那扭曲的老树干，俯瞰着下方绵延伸展的森林，这不仅是为了重获勇气，是为了消除秃鹰的疑虑——它们这会儿在距我咫尺之遥的半空中打着转，目光里充满了怀疑——更重要的，是为了决定下一步应该采取什么行动。这棵树并不难爬，但上面的鹰巢是个经年累月逐渐搭起来的大工程，把整个树梢都占满了。假如不把它整个儿摧毁，我就没法得到便于察看小鹰的立足点。但这样做有违我的意愿，何况我也怀疑母鹰是否能容忍这样的行径。有许多次，它似乎都差点要落在我的头上，用它的爪子把我脑袋撕开，但只要我静静地抬头望去，它总会猝然改变方向；而老白头呢，身上带着我的子弹留下的醒目痕迹，在它的配偶和我之间飞来飞去，似乎是在说："先等等，等等！我说不上为什么，但如果他愿意的话，他是能把我们俩都杀了的——而且孩子们的命也握在他的手里。"此时，它离我比任何时候都近，对我的

畏惧正在逐渐消失，但同时那股凶猛劲儿也正在消退。

这棵矮树是从一条裂缝里钻出来的。裂缝从树下一路向上延伸到右方后，又迂回到我此前发现秃鹰时它栖身的位于鹰巢上方的那块暗礁上。沿着这条裂缝的边缘形成了一条令人眩晕的小径，人可以侧身沿着它前行，但脸贴得着悬崖才行。同时，双手能抓住的唯有它凹凸不平的粗糙表面。我最终用这种方法，先是向上爬出了二十英尺，又往回退了十英尺，最后终于在一块暗礁上落了脚，这才松了一口气。暗礁很是宽阔，上面四散着骨头和鱼鳞，那是风卷残云般的盛宴留下的遗迹。鹰巢就在我下方触手可及的地方，两只毛羽凌乱的黑色小鹰在细枝和干草堆上栖息着，四周全是死鱼、动物的肉和禽类尸身。鲜血、骨头和鱼鳞随处可见——是我被动地"欣赏"过的最为狂放的家居环境了。

但就当我好奇地左右四顾，想找找自己曾协助喂养过的这些野蛮的小家伙们还吃过哪些其他的猎物时，一件奇怪的事发生了，称得上是在我与野生动物打交道的过程里对我触动最大的几件事之一。两只大鹰一直沿着岩石的棱边紧跟着我。毫无疑问，在它们那不羁的内心，一定是在期待着我一脚踩滑，这样它们的麻烦就烟消云散了，顺便还能用我的身体给小家伙们当食物。正当我坐在暗礁上热切地盯着鹰巢里的动静时，了不起的母鹰离开了，转而飞到它的小鹰头上不住地盘旋起来，似乎想用它的双翅保护它们免受哪怕是来自我的目光的侵犯。但是老白头仍在我头顶打着转。它来了，飞得越来越低，最后带着极大的勇气收起了翅膀，落在我旁边的暗礁上离我不到十英尺远的地方。然后，它转过来瞧着我的眼睛。"看，"它似乎在说，"你又能够得着我了。你以前碰过我一次，我不理解其中的缘由。我现在就在这儿呢，要碰要杀，随你的便；但就只一条：放过我的孩子。"

片刻后，母鹰落到了鹰巢边上。我们仨揣着各自的疑问，我们脚下的小鹰，头顶的悬崖，以及在三百英尺开外的下方那一路延绵到了大湖对岸的远山的云杉树顶，都跟我们一样沉默着。

我一动不动地坐着，这是让野生动物宽心的唯一方式。没多久，我以为对小家伙们安危的担忧已经让秃鹰扔掉了畏惧，但是当我站起身的那一瞬间，它又一次飞上了天，与它的配偶一道不安地在我头顶打起了转。当它向下望时，眼里那狂野的凶光竟与此前别无二致。半个小时后，我来到了悬崖顶上，开始向东边的大湖走过去。下悬崖比往上攀要轻松得多。后来，我又来了此地好几次，遥遥地凝望它们哺育小鹰的情景；但我再也没有爬到鹰巢边过了。

有一天，当我来到悬崖上那个我曾趴着用望远镜观察鹰巢的小小灌木丛里时，我发现少了一只小鹰。剩下的那只站在巢边，胆怯地望向下方的深渊。它的"巢友"胆子无疑更大，已经飞了下去。而它呢，只能不时地发出声声凄凉的叫唤。它的这副样子清楚地表明它此时又饿，又生气，又孤独。很快，母鹰从山谷里迅速地飞了上来，爪子里抓着一些食物。只见它来到鹰巢的边上，在上方盘旋了一会儿，这样便能叫饥饿的小鹰看见食物，闻到它

的气味。然后，它带着食物缓缓地往山谷里飞去，用自己的方式告诉小家伙：必须要先跳下来，然后才能得到食物。在它身后，小鹰在鹰巢边上响亮地叫唤着，展开翅膀十好几次想要跟上去；但是，往下跳实在太可怕了。它丧失了勇气，重又退回了巢里，把头耷拉进肩膀里，闭上了眼睛，试图忘记它已经饥肠辘辘这件事。这出小喜剧的含义不言而喻。母鹰是在教小鹰怎么飞，也是在告诉小鹰，它的翅膀已经长好了，现在是时候让它们派上用场了；可它就是害怕。

不一会儿，母鹰又回来了，只是这次没有带食物。它在鹰巢上方不住地盘旋，想尽一切办法引导小家伙离开。最后，它终于成功了。小鹰带着一股视死如归的劲儿跳了起来，扑扇着翅膀来到了上方的暗礁上，那正是我曾坐着观察它和老白头的地方。可是，站在这个全新的地方煞有介事地打量了这个世界一番后，它又拍打着翅膀回到了鹰巢里，即便它母亲一个劲儿向它保证：只要它有这个意愿，飞到下方的树梢上是件易如反掌的事，可它始终充耳不闻。

母鹰似乎灰了心，忽然飞到了小鹰上方。我不由得屏住了呼吸，因为我心里很清楚接下来会发生什么事。小家伙正站在鹰巢的边上，低头瞧着自己不敢冒险尝试一跳的深渊。这时，一声尖叫从它背后传来，这让它警觉了起来，身体紧绷得像手表的发条一般。下一个瞬间，母鹰飞扑了过来，不断攻击它脚底的鹰巢，失去了支撑作用的细枝同它一起跌进了半空里。

现在，它漂浮着，违背了自己的意愿飘浮在蓝色的半空中，为了活命拼命地拍打着翅膀。它的母亲伸展着不知疲倦的翅膀在

它的头顶、脚下和身畔徘徊，轻柔地呼唤着，告诉它自己一直都陪在它左右。但是小家伙内心却充满了对深渊和云杉那长矛般尖锐的树梢的恐惧，它拍打翅膀的动作愈加失控，下坠的速度越来越快。忽然——在我看来，与其说是它脱了力，不如说是恐慌使然——它失去了平衡，头朝下坠了下去。这下一切都结束了：它收起了翅膀，眼看就要在下方的森林里摔个粉身碎骨。这时，母鹰像道闪电般飞掠到它的身下，它绝望的脚碰到了母亲双翅间宽阔的肩膀。它先是纠正了自己的姿态，定了定，这才恢复了神志；随后，母鹰毫不犹豫地自它身下坠了开去，任由它凭靠自己的翅膀下落。被它的爪子撕下来的一小撮羽毛在它们身后慢悠悠地打着旋儿。

　　所有这些都是在一瞬间发生的。此后，它们就消失在下方遥远的树丛之中了。当我再次透过望远镜看见它们时，小鹰已经栖在一棵巨松的树顶上，母鹰正在给它喂食呢。

　　我独自一人站在辽阔的荒野之中，忽然想起某位老先知对我说过的话，领悟了其中的深意。在某处遥远的他乡，这位老先知也曾像我一样，用善意的目光望着一只在灌木丛里教导幼鹰的云中翅。那情景让他深有感触。他说："母鹰弄乱自己的窝，或在雏儿上方舒展双翅，或让雏儿乘在她的翅膀上翱翔，这全是主的旨意。"

山　雀

北印第安人对黑顶山雀或山雀有着特殊的称呼，意思是"小伙伴山雀"；这是因为印第安人跟所有了解山雀的人一样，都由衷地喜欢这种生活在北方森林里性格活泼的小小开心果。当我第一次向西蒙斯询问人们对这种鸟的称呼时，他给出了带着笑意的回答。在那以后，我还就这个问题咨询了些其他的印第安人；而当告知我答案时，他们那黝黑而严峻的脸上总会被浮现的微笑和愉悦的表情点亮，算得上是对这种伶俐的小鸟的影响力的另一种致敬方式。

山雀生得光鲜亮丽，它绝对不是那种情绪化的动物。在某个明朗的早晨，你走出门，它就出现在灌木丛里，在细枝间轻快地飞来飞去，一会儿头朝下倒挂在枝头，仔细地审视着一簇顶芽；一会儿又绕着树枝盘绕而上，孜孜不倦地望向每一处树缝。想要躲避那双明亮的眼睛，昆虫得好好藏起来才行。实际上，它这是在帮你照顾你的植物。当你靠近时，它会抬起明亮的眼睛看过来，然后毫不畏惧地从树上蹦跶下来，用那双坦诚而无辜的眼睛望着你。喊阿滴滴滴！——它叫起来声调上扬，仿佛是在向你道过早安后，又询问你是否安好。之后，它便又重新开始捕食昆虫，因为它永远也不会把时间浪费在无谓的闲聊上。但即使在工作的当儿，它也会友好地喊喳个不停。

你再次见到它时，是在荒野的深处。此时，营火的烟雾还没升到云杉顶上，而你身边又响起了那不变的欢快的问候声，询问着你是否无恙。它就站在桦树枝上，明快、欢乐、无所畏惧！它从树上飞了下来，来到营火边，看有没有什么煮沸溢出的食物，让它可以帮着打扫的。它满怀感激地啄起你撒在脚下的食物琐屑。它信任你——瞧！它在你伸出的一根手指上栖息了片刻，好奇地盯着你的指甲，还伸嘴啄了两下，检查下面是否躲着什么害虫。随后，它又飞回了它的桦树枝头。

在夏日里，它从不像刺歌雀和金莺那样沉溺于嬉戏耍闹，而是安静而满足地享受着充沛的食物。我怀疑这是因为在冬季它过得比它们更勤勉，所以它此时的快乐也就更为深刻。冬季里，在厚厚的积雪之上，它即是森林的生命。它在生活着驯鹿的荒凉瘠地呼唤着你，它在问候让你莫名地想起五月。它来到你营地里那粗陋的树皮小屋，吃点儿你的粗茶淡饭；而当它离开时，却给你留下了一抹阳光。当你穿着雪地鞋在冷杉丛中艰难跋涉时，它在

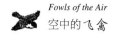

你身畔不离不弃。它也许跟你一样饥肠辘辘，但鸣叫声却一如既往地欢快，充满了希望。

在骄阳似火的八月，它找到了躺在桤木下的你。湖风轻拂着你的脸庞，它睁大眼睛，同你说话："喊阿滴滴滴！去年冬天我见过你。那段时间真难熬。不过，现在一切都好啦。"当天上下起倾盆大雨时，整个森林都被浇透了，营地生活的每个细节似乎都变得让人难以忍受。这时，它带着如阳光般令人愉悦的问候意外地现身了。"喊阿滴滴滴！难道你不记得昨天了吗？没错，现在是下雨了，但能吃的虫子可多了；等到了明天，太阳就出来啦。"它的快乐极具感染力，你的心情忽然比它到访之前好多了。

它真的是一个妙不可言的小家伙，它的好处说也说不完。我曾不止一次地看到，有些人忽然收了坏脾气，有些人的心情莫名地好了起来，要知道，这只是因为山雀逗留了片刻，而它是那么令人愉快而又友善可亲。我记得，有一次，一场暴风雨过后，我们一行四个人开始扎营。每个人都被浇湿了，所有的东西都被泡在了水里。有个懒家伙弄翻了独木舟，所有干燥的衣服和毯子都刚刚被从河里打捞起来。这时，那懒家伙站在营火前，只顾着自己舒服。其余三个人则像海狸一样兢兢业业地扎营。他们都憋着一肚子气，身上又冷又湿，肚中饥饿，怒火中烧，但谁都没说一句话。

这时，一群山雀带着阳光般的问候翩然而至，它们不惧怕人类，信赖人类，永远也不会咄咄逼人。它们真诚地望着人类的脸，假装并没有看见上面写着的恼怒。"喊阿滴。真希望我能帮得上忙。说不定我真能行。喊阿滴滴滴！"它的鸣叫声以那种温柔、

山　雀

甜美的上扬的声调结尾。有人开始说话了，这可是半小时以来的第一句话，而且不是吼着说出来的。很快，有人开始吹口哨了——一点儿微不可闻的小调，但气氛已经有所转变了。接着，有人笑了起来。"老实说，"他一边说着，一边把自己湿漉漉的衣服在营火前挂了起来，"我感觉这几只山雀让我脾气变好了。你知道，它们看着就让人心情好，这对大伙儿来说都有用。"

而山雀只是默默地把洒给它的饼干屑啄了起来。尽管它已最大程度地让营地变得舒适了起来，却没有表现出一点儿要邀功的意思。

它还有另外一种更重要的帮助人的方式。树的芽枝和嫩树皮里有无数的害虫，它们在里面生活、繁殖。其他的鸟都发现不了它们，但山雀和它的亲戚们却永远不会留下任何未经探索的细枝。它明亮的眼睛能发现藏在芽枝里的虫卵；它灵敏的耳朵能听见幼

虫在树皮下摄食的声音；它的喙敲击下去，正在作恶的害虫便无处遁形。其实，它在这方面贡献不小，只是很少为人所知而已。

山雀的巢总是整洁、舒适而迷人，就像它自己一样。能发现它的巢是幸事一件。一般来说，它会选择生在干燥枝干的荫蔽面的老节孔，凿出一条穿过节孔中心的深深的通道，在干燥的树洞底部弄出一个小小的圆形区，铺上最柔软的材料。

假如你找到它的巢，会发现里面有五六枚透着些许粉红的白色鸟蛋，两只成年的山雀围着巢打着转，对你怀有五分惧怕，又怀有五分信任，而这便是这方美丽的小天地的全部，我几乎没听说过哪个男孩会恶劣到去山雀的巢里捣乱。

关于山雀的巢，有一件事始终困扰着我。它那柔软的内层或多或少总会夹杂着一些兔毛，有时甚至全都是由兔毛铺就而成，没有比这再柔软的鸟巢了。可是，它到底是从哪儿弄来这些兔毛的呢？我可以断言，它绝不会像偶尔会从羊背上薅羊毛的乌鸦一样拔兔子的毛。难道它竟能凭借那双明亮的眼睛，循着兔毛被风吹走的方向，在地上的落叶间一根根地寻找吗？如果是这样，这事儿做起来一定很耗费时间；但山雀是非常有耐心的。在春天，你偶尔会惊动到站在地上的它，但你要知道，它下地的目的绝不是觅食；但是在这种时候，它总是很害羞，会轻快地飞到桦树枝间，叽叽喳喳叫着，耍着一套令人瞠目的"体操表演"，想以此吸引你的注意力，让你忘掉方才逮着它寻找兔毛的事。究其原因，不过是因为你已经离它的巢很近了。

有一次，在看过一场这样的"表演"后，我佯装离开，但其实只是在一片松树丛中躲了起来。山雀聆听了一会儿，跳到了地上，迅速地捡起了某样东西，然后就飞走了。这就是它为不远处的巢准备的内层材料。被我吓到了后，它又把这东西给扔掉了。这样一来，我就更有理由相信它是在筑巢了。

这么个聪明伶俐、对人大有裨益的小家伙在这个世界上是不应该有任何敌人的；在我看来，它的竞争对手应当比绝大多数鸟都要少。伯劳鸟是它最大的敌人。一旦它带着那无情的喙猛地俯冲下来，总能给山雀窝带来致命的灾难性后果。幸运的是，我们很少能见到伯劳鸟；在极少被人发现的伯劳鸟巢的附近，可怜的山雀被挂在尖锐的荆棘上，周围爬满了形形色色的丑陋甲虫。有时，猫头鹰也会在夜间猎捕山雀；但由于它是在茂密的松林里睡觉，身体紧靠着树枝，四周都是松针，环境阴暗得很。在黑暗之外，还有能扎进眼里的松针。这使得猫头鹰通常都会放弃搜寻，转而去往更为开阔的林中捕猎。

鹰偶尔也会试着抓它，但追踪山雀得要有一对很小的但动作飞快的翅膀才行。有一次，时值冬日，一只山雀头朝下地倒挂在叶子已经枯黄了的橡树枝上。我正饶有兴致地观察着，突然听得半空传来呼啸之声，随之出现的是一对斑驳的翅膀、凶狠的黄眼睛和残忍的利爪；与此同时，山雀飞快地消失在了一片树叶下面。老鹰擦着它的翅膀飞了过去，一片褐色的羽毛应声从橡树叶间飘落。这时，那只山雀又出现了，还是在原来那个地方头朝下地倒挂着，似乎在说："喊阿滴，我把它诳过去了！"原来，片刻之前，它不过是绕着树枝转到了叶片背后，此时又转了回来，就这样安然度过一劫。而如果鹰经历过这样的失利，它也就不会再次发动攻击了。

男孩们对于山雀通常有一种带着怜惜的喜爱。他们对其他的鸟可能会采取些残忍或轻率的手段，但对待山雀却鲜少如此。山雀似乎跟他们有些共通之处。

九月的一天，两个光着脚的男孩带着弓箭在一个老牧场上长得半高的灌木丛周围捕猎。大一点的男孩正在教小的射箭的方法。他们俩上衣的口袋里已经收藏了一只知更鸟、一只红松鼠和两三

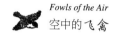

只麻雀；大男孩的肩膀上还耷拉着一只棕兔。突然，小男孩抬起了弓，把箭拉到了底。就在前面，有一只山雀倒挂在桦树枝之间，正嘁嘁喳喳地鸣叫着。大男孩赶忙抓住了他的胳膊。

"别射它——别射它！"他说。

"为什么不行？"

"不行就是不行——反正永远也别杀山雀。"

与其说是受到这句话的影响，不如说是被对方那摇头晃脑的神秘姿态给蛊惑了，小男孩高高兴兴地放下了自己的弓，最后一次睁大眼睛看了一眼那只灰色的小鸟，讶异于它竟能毫无惧色地在离他们这么近的地方唱歌、荡秋千。随后，两个男孩仍旧继续捕他们的猎去了。

谁也没有教过这个年纪稍大的男孩分辨山雀和其他鸟类的方法，而小男孩此前也没受过其他人的教导；但俩人都感觉到——并且在多年之后仍然坚信——山雀跟别的鸟不一样。男孩子们总是如此。谁信任他们、对他们没有畏惧感，他们就能成为谁的朋友。山雀特有的个性——那种活泼的性子和信赖感——教会了他们不少东西，尽管他们未必能意识到这一点。在这一带，男孩们都遵守着一条不知道由谁立下的规矩——一条如同米底亚人与波斯人的律法那样不可更改的规矩：山雀是绝不能杀的。

假如你问那个男孩，这规矩是谁教给他的，"为什么麻雀能杀，山雀就不行？"他会老气横秋地摇摇头，然后抛给你一个无法反驳的回答："不行就是不行。"

山雀的秘密

当你在五月看到山雀时，倘若它的嘴巴里含着一点儿兔毛，或者看起来一副全神贯注或心无旁骛的样子，你应该意识到它此时要么正在筑巢，要么附近就有需要它照顾的夫人或孩子。假如你很了解它，你甚至会有些许受伤的感觉，因为这个在去年冬天曾与你在营地共处、在你的餐盘里吃过东西的你的小朋友山雀——眼前的春天也未必有它坦荡——却从未邀请你进入过它的"营地"，相反甚至还诱导着你离开那里。但是，这个筑在老节孔里的柔软小窝正是山雀生活中的隐秘部分；它试图欺瞒你时耍的小伎俩有时显得那么孩子气，那么容易戳穿，以至于相比较起它的坦率来，反倒更多了一层趣味。

在一个五月的下午，我在一处被群山环绕的废弃旧农场的四周进行无枪狩猎——那儿阳光明媚，是鸟儿们喜欢的去处之一；因为那半荒了的田地间还残留着曾经在那里居住过的人类的气息，能起到保护它们的作用。那天明媚而温暖。鸟儿随处可见，它们从松树丛里飞出来，又钻进了桦树林里，欢欢喜喜地筑着巢，周遭的空气也因此充满了生命力和美妙的旋律。在这种时刻，四处走动是不会有所猎获的。猎人和它的猎物都得保持静止才行。在这里，鸟儿都在不停地飞来飞去；唯有一种鸟是例外，它正安安静静地躲着。

我坐在一片松树林的边上，设法让自己尽可能和屁股下面那

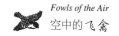

截老树桩融为一体。我前面是一段老旧的栅栏，它蜿蜿蜒蜒地穿过这片废弃的牧场，在和围绕着它疯长的黑莓藤抗争着，因为那些藤蔓似乎正在卖命地向下拉扯并搞垮较矮的那部分栅栏。栅栏的两端都扎进了由桦树、橡树和松树构成的林子里，这些树跟黑莓藤一样，都是由为了满足好奇心而停在老栅栏上栖息的鸟儿们种下的。矮小的树苗把栅栏挤到了一边，把它弄坏了。五叶铁线莲蔓生的靠架分布在各处。灰色的木栅栏上长满了苔藓。大自然颇费了一番苦心，才使得这里的景色生出了几分风致，再难看见原来的风貌。森林里的野生动物们在这儿尽管不如在黑莓藤和树木上那般自在，但也早就把这里当成自己的领地了。

正当我坐在那儿时，一只知更鸟从一棵雪松的树冠上跳到了栅栏上。片刻之前，它还在雪松上练习求偶的歌曲。它无意落在那里，但某种跟我相仿的闲暇之余的好奇心使得它在灰色的旧栅栏上停了一会儿。接着，一只啄木鸟落在了一根栅栏桩上，开始轻轻地敲击了起来。但它离地面和它的天敌们都太近了，不便弄出什么声响来；于是，它飞到一根高些的杆子上，笃笃地啄了起来，在森林中激起了回响。这里是安全的，它可以尽情发出声响了。黑莓藤动了动，随即，一只小林姬鼠出现在了矮栅栏上，但似乎是受到了不小的惊吓，在阳光下现了个身后，它马上就消失不见了。其实，这不过是它初次露面时惯用的招数。

　　不一会儿，一只红松鼠从左边的林子里蹿了出来，沿着栅栏疾跑，在桩子上面上上下下的。尽管并没有什么火急火燎的事要办，可它跑起来就像一阵小小的红色旋风。等跑到我坐着的树桩正对面时，它猝不及防地来了个急刹车，然后便开始喋喋不休，大喊小叫，骂骂咧咧，想方设法地叫我让开；但没过一会儿，它就继续跑了起来，以那种绝命狂奔般的速度消失不见了。一只松鸡在栅栏上方的一株小山核桃树停留了片刻，发出好奇的啭鸣，就好像从没见过这幅已经多次出现的景象似的。松鸡的好奇心永远都不会有丝毫褪色。它现在倒是没有放声尖叫了，因为到了入巢的时间——整个下午都是如此。老栅栏正在逐渐变成森林的一部分，每只野生动物经过这里时都会停下来熟悉熟悉它。

　　我正在无所事事地臆想，我身后的松树上传来了山雀的叫声。当我转身过去后，它从我头上飞了过去，落在了被青苔覆盖的最高的栅栏上——它的喙里叼着什么东西。于是我开始左顾右盼，想找到它的巢，满心渴望着能瞧一瞧它工作时是什么模样。山雀在我面前似乎从未表现出过惧意，于是我也理所当然地认为面前的这只山雀也是信任我的。可结果并不是这样。它不肯接近自己的巢，而是在旧栅栏周围蹦跶起来，假装正忙着搜寻昆虫。

　　没多久，它的配偶出现了。这时，它发出了尖锐的鸣叫，呼唤配偶飞到自己身边来。然后，两只山雀一起在栅栏周围蹦跶和鸣叫起来，俨然一副无忧无虑的模样。尤其是雄鸟，似乎完全沉浸在嬉戏的心情中，它在生满苔藓的栅栏上跑上跑下，围着它来回盘旋，直到看起来就像个小小的灰色风车为止；它用脚趾勾住树枝，头朝下地倒挂着，像猫一样跳下又转身，用脚落在下面的栅栏上。在欣赏它这番表演的时候，我几乎没留意到它的配偶已经离开了，直到它忽然重又出现在雄鸟身边才发现。然后，轮到雄鸟消失了，而雌鸟则继续着栅栏上的表演，只不过它的鸣叫声较多，肢体动作较少而已。没过多久，两只鸟又聚在了一起，飞进松林里，双双消失不见了。

这段时间里，我一直忙着观察其他的鸟，几乎忘了它们俩。可没多时，它们再次出现在了栅栏上，又开始了跟方才如出一辙的表演。事有蹊跷，毫无疑问；我静静地坐着，好奇心大起，但也有些困惑，甚至还有一点失望，因为它们并没有回到自己的巢里。先后两次，它们的喙里都叼着些材料，而眼下有可能是来进一步搜寻了——兔毛可能就是它们在这老果园里要找的东西。但是它们要兔毛有什么用？“说不定，”我心里想，“它们是故意扔了兔毛糊弄我。”山雀有时的确会这么做。“可为什么还有只鸟留在栅栏上呢？难不成——”好吧，容我再留心观察一番。

我离开了树桩，开始仔细检查老栅栏的桩子。山雀的巢应当就在其中的某处。果不其然，在左手边第二个栅栏桩上，我发现了一个小小的节孔，里面被山雀挖空了，又铺上了兔毛。几乎爬满了旧栅栏桩的黑莓藤把它隐藏得极好，而且巢洞周围还生满了灰白色的苔藓。我还从没见过比它更精巧的鸟巢。

我又回到松林边，找了个能观察到山雀巢口的地方坐了下来。此时，任何其他的鸟都再无法提起我的兴致了。山雀终于回来了。它们很快就来到方才的地方，在栅栏上跳来跳去。由于发现我换了个位置，它们轻柔的鸣叫声中此时多了一分惊奇。这次，不管它们的"体操表演"有多么有趣，我也断然不会再受蒙蔽了。我的目光紧锁在雀巢上。雄鸟正使尽了浑身解数，竭力吸引我全部的注意力，因为此时雌鸟忽然从栅栏桩后面溜走并消失在了巢口里。我险些无法确定那是不是一只鸟，因为它看起来就像被风吹开的一小簇灰色苔藓而已。它那柔软的灰色羽毛与被岁月侵蚀的木桩和苔藓完美地混合在一起，假如它的行动再慢一些，我可能就根本无法察觉到它的存在了。

没过一会儿，雌鸟又冒了出来，它先等了一会儿，把小脑袋从节孔里伸出来偷看了一番，然后才绕着栅栏桩飞了出去，没了踪影；直到它又忽然回到雄鸟身边，我才又看到它。

这时，我开始留意雄鸟的动静。趁着它的配偶在最高的栅栏桩上飞来掠去，它跳到了一个不高不低的栅栏桩上面，慢慢蹦跶到一边，然后又猛地跳到那根在藤蔓后面半隐半现的最矮的栅栏桩上，消失了。我把目光转向雀巢那边。雄鸟很快就出现了——活像一道小小的灰色闪电，从栅栏桩后头闪了出来，但随即又消失在了晦暗不明的巢口。等它再出来时，我只来得及瞥见了它一眼；再看见它时，它已经出现在了我附近的栅栏桩上，来到了配偶的身边。

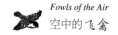

　　它们这小小的心机此时再明显不过了。它们收集完兔毛回来，意外地发现我出现在了它们的家附近，但它们并没有像其他鸟类那样大惊小怪而暴露鸟巢的位置，而是落在我面前的栅栏上，用只有山雀才知晓的那种方法社交起来。它们中的一只负责"款待"我并吸引我的注意力，另一只则趁机跳到最矮的栅栏桩上，在后面偷偷摸摸地潜行，把材料留在了巢里，又从巢所依附的那根栅栏桩后面飞了上来，用同样的方法返回。而当轮到它的配偶做同样的事时，则由它来负责吸引我的注意力。

　　山雀们来来往往，而我在松林旁一坐就是两三个小时。有时，它们会从另一边接近雀巢，我没法瞧见它们，或只能瞥到它们飞进巢口的样子。不管什么时候，只要是从我这边接近雀巢的，它们总会在栅栏上停留片刻，把它们的小节目表演一遍，以此来转移我的注意力。我的安静让它们宽了心，渐渐地，它们的信心有所增强；也有可能是自认为把我招待得心满意足，以至于我压根没怀疑到它们正在筑巢。

　　午后的时光悄然流逝，太阳也沉到了松树的树梢下面，渐感饥饿的山雀放下了手头的工作，留待明天进行。当我离开时，它们还在柔嫩的芽枝间鸣唱着，慷慨地分享自己发现的最好的东西，轻柔地叫唤着彼此，以免在搜寻晚餐的时候彼此偏离太远。

野　鸭

　　看到标题，大部分人会联想起在日落时分飞过秋季天空的一行鸟，带着点儿神秘的色彩；其他人会联想到为了向南迁徙而在感恩节前后疾速掠过高穹的黑色三角状队伍；对于一些熟知它们的家园所在的荒野的人们来说，所联想到的可能是一方荒僻的小池塘，在遥不可及之处，一只黑灰色的鸟飞快地从水里钻出来，留下在它身后的莎草间荡漾的涟漪；而对于具备敏锐观察习性的人们而言，脑中会出现五六只鸟儿——都是些毛茸茸的小家伙，安安稳稳地躲在树根和草丛间，安静得让人很难察觉到它们的存在。像大多数猎禽一样，野鸭也喜欢荒僻的地方，它极少向外人

展示自己的生活细节；假如有人能有那份机缘遥遥地瞥上它一眼，就应该感到知足了。

暗黑色野鸭更是如此，猎人们通常称它们为黑鸭。在普通的徒步旅行中，戴着野外镜，再睁大了双眼，你可能会遥遥地瞥上一眼难得一见的黑鸭；但只有常年累月地跟在它身后，经历过的挫败远多于成功的人，才能窥见它日常生活中的种种细节。这是因为它生来就拥有十足的野性，并不需要与人打交道来额外培养。在加拿大森林深处的荒僻的野湖上与第一次见到人类的野鸭相遇，和从新英格兰热闹的小镇上能看见的磨坊贮水池里繁衍生息的野鸭并没有什么分别。其他种类的鸭子可能最后都会被驯化并被当作诱饵使用，唯独它是个例外。我曾好几次把它跟其他鸟一起饲养，但结局总是如出一辙。它们逃跑的企图是不分昼夜的，拒绝一切食物甚至水，直到冲破围栏的障碍为止，要么就饿得奄奄一息，逼得我只能放它们离开。

有一年的春天，我认识的一个农民决心试着饲养小野鸭。他找到了一个黑鸭窝，把野鸭蛋和其他一些蛋混在一起，找了只家鸭孵了出来。每当他靠近围栏时，这些小家伙就会偷偷溜开躲起来，怎么引诱都绝不现身，而它们那些被驯服的小伙伴们则都在心满意足地四处觅食，满地乱跑。两个星期后，他以为它们已经多少习惯了周围的环境，便把它们整窝都放进了自家房子下面的河岸上。在获得自由的一瞬间，这些野生的幼鸟就飞快地钻进了水草里，任凭家养的母鸭再怎么焦急地叫唤，也没法让它们重回被束缚的生活。从此，他便再也没见过它们了。

幼年野鸭躲藏的习惯是它们永远不会停止练习的保护措施。

你几乎可以在新英格兰任何一处与世隔绝的池塘或湖泊上看见野鸭群，它们会在早春时分来到这种地方筑巢。假如你从岸上某个隐蔽的地点望过去，就能见到无处不在的它们。上一刻，它们还在这自由自在的天地中潜水、游泳、觅食；可到了下一刻，它们就四散而去，消失不见了。这令你感觉如此突兀，以至于得揉揉眼睛才能确信这些鸟儿是真的没了踪影。如果离得足够近，还能听见老鸭发出低沉的咯咯叫声，它明明就挺着脖子浮在水面上，却安静得让人极易把它误当成一截老树墩或是它们正在摄食的沼泽的一部分。此时，老鸭正在环视四周，看小鸭子们是否都藏好了。过了一会儿，又传来一阵和方才很像的咯咯叫声。只见毛茸茸的小家伙们摇摇晃晃地从水草间或是你片刻之前还盯着瞧了半天却什么也没发现的某个树桩旁钻了出来。这种情形隔一会儿就会重复发生一次，就是为了让幼鸟们学会在遭遇险情时立刻躲起来。

那只老野鸭非常警惕，几乎没有什么能造成威胁的麻烦事儿是它感知不到的。假如幼鸟们都好好地藏了起来，只要一看到敌人活动的迹象，它便会起飞，离开幼鸟们，等到险情度过后才回来，而此时幼鸟们全都一动不动地蹲伏在各自的藏身地。一旦受惊，老野鸭的反应跟其他的猎禽是一样——扑扇着翅膀，溅起老大的水花，像受了伤似的拖着一侧的翅膀把你引到远离幼鸟们的地方去；或是吸引你全部的注意力，尽量拖延时间，好让幼鸟能安稳地躲起来，然后它才会展开翅膀，扔下你飞走。

躲藏会逐渐变成幼鸟们的固有习惯，以至于即便到后来翅膀早已发育成熟，已经能通过飞翔的方式逃跑时，它们仍会表现出对躲藏的依赖。在初秋时分，我的独木舟的船头有时几乎能碾着

某只躲在水草间的完全成长了的野鸭。而假如你时隔一个月再来此地，你的独木舟离上次的"出事地点"还有四分之一里远呢，就保准能听见它发出的警报声了。

一旦它们培养了对自己的翅膀的信任感，它们就放弃了躲藏，转而采用快速飞行的方式来应对危险。但即便如此，它们永远也不会忘记早期接受的训练。在受伤的时候，它们躲藏时表现出的那股狡猾劲儿令人瞠目。除非带着条称职的狗，否则想在附近有掩蔽物的地方找到受伤的野鸭几乎是徒劳。它们会躲在堤岸下，会爬着钻进麝鼠洞里，会在枯草堆下或树叶堆下慢慢前进，会紧抓住水下的树根，会在刚脱离追捕者视线的一簇水草边打着转游来游去，会潜入水里并从水草丛后钻出来——而这些只是我所知的黑鸭躲避搜寻的众多方法中的一部分而已。

随着严寒的来临，它们赖以度过夏日的池塘开始面临结冰的威胁，内陆的鸟开始向着在冬季多少都会发生些许迁徙活动的沿海地带出发。随着冬季变得日益严寒，野鸭的大部会缓慢地朝着南方移动；但假如食物充沛的话，它们便会留在沿海地带过冬。这时，研究它们习性的最佳时机便来到了。

在白天，它们会找个安静的小池塘或隐蔽的地方躲起来，或是大群大群地在远离陆地和危险的浅滩上休息。如有可能，它们会选择前者，因为在那里能得到日常必需的大量淡水；还有一个原因是，它们与总是大量聚集在同一片浅滩上的黑鸭不同，一时一刻也不愿意忍受在浪尖上的颠簸。但到了深秋时节，它们便会离开池塘，即便水面并未结冰，它们在次年春天之前也都极少再光顾那里。它们非常害怕自己被封冻住，因此宁可来到溪口或泉眼边获取淡水。

尽管它们万般小心——而且能准确地预报天气，知晓潮汐涨落的规律、风暴来临前的征兆和淡水结冰的时节——还是有被抓获的时候。我曾见到五只聚成一群的野鸭身陷困境：在它们把脑袋缩进翅膀里睡觉的时候形成的薄冰把它们给冻住了。还有一次，我见到一只落单的野鸭苦苦挣扎，因为它的尾巴被结了冰的泥团给裹住了。在潮汐退去的时候，它发现了那片烂泥里有大量的昆虫，在零度的气温下在原地耽搁了太久，因此它才落到了这么个窘迫的下场。

夜晚是它们摄食的时间；一到傍晚，它们便从海岸飞到了觅食的区域。在雾中，它们会难以辨别方向。何况，除了珩科鸟，没有什么鸟喜欢在雨中飞行，因为雨水会让羽毛变沉。所以，在起雾或是下雨的午后，它们会提前出发，或是干脆按兵不动。分布着流淌出半咸水的泉眼和溪流的盐沼是它们最爱的觅食地。种子、树根、嫩草以及低潮后留在泥里的蜗牛和昆虫是它们冬日的常规食物。在它们数量稀少的时候，野鸭们便会同黑鸭一起飞到盛产贻贝的海床，这样的食物会使它们的肌肉变得强壮有力，同时自己的身上也会多出些鱼腥味。

当第一批野鸭赶在天黑之前飞到觅食地后，它们会小心翼翼

地把小池塘、小溪甚至是整片区域都查看一遍，然后才会落地。后续跟过来的野鸭信任先行者的检查结果，通常都会直接飞进来。正因为如此，假如你有心观察野鸭觅食，应当带些活生生的诱鸟过来，如有可能，还应提前建好自己的藏身处，这样就不至于一直在此觅食的野鸭飞来时察觉到异常。

坐在河岸上，选一个能清楚地看见你放置的诱鸟的地方，就能尽情地观察这些野生的鸟了。你必须一动不动地静坐着，但这还不够，你永远也看不到它们在做什么。有一次，我就这样坐着，身边有三四十只近在咫尺的野鸭。但有只倒霉蝙蝠朝我的脸撞过来，我猛地扭了下头，它们顿时全都惊慌失措地飞到远处的湖面去了。

野鸭身上有种奇怪的习性：当它们在夜晚出来觅食时，只要它们愿意，翅膀的动静大小全在它们自己的掌握之中。有时候，那种沙沙声几乎微不可闻；但一旦它大起来的时候，两百码开外都能听得到。我唯一能给出的解释是，这是一种信号。白天或是光线好的夜晚，人们很难听到它们振翅的声音；但换了光线晦暗的夜晚，它就会频繁出现，并总能得到身在觅食地的野鸭报以的"嘎嘎"回应声，其作用也许是为了给新来的指引方向。但至于它们是如何控制振翅声的，这一点就不得而知了，也许跟夜鹰发出的那种奇特的隆隆声是一个原理——这种声音并不是像人们通常认为的那样是通过张开嘴巴发出来的，而是微微转动羽根而在空气中发出震颤音。有意愿细究的人可以把羽毛吹起来验证一下。

在暴风雨侵袭的日子里，野鸭们不会在浅滩上栖息，而是会先谨慎地观察两三个小时，确定附近没有危险后，落在海滩上的某个僻静处，然后游到岸边，在海岸下某个有遮蔽的地方大群大

群地聚在一起。当上百只美丽的野鸭簇拥在一起时，那画面格外引人入胜。这种时候，大部分野鸭都会把脑袋缩进翅膀里睡大觉；但假如你想"突袭"的话，就必须按着印第安人的习惯爬着过去，还得沉得住气。在鸟群的两头零零落落的那些鸟显然扮演着哨兵的角色。乌鸦和海鸥不断地飞过，沿着涨潮线寻找食物；每每经过野鸭群上方时，它们都会向更高空飞去，俯瞰整片海岸的情况。你必须好生藏着，避开这些明亮的眼睛。野鸭与乌鸦和海鸥之间的语言是互通的，也非常相信这些友好的哨兵。这一天里，只要海鸥和乌鸦的鸣叫声不停，哪只野鸭都不会把脑袋从翅膀下抬起来；但一旦乌鸦或海鸥停止这种警报声，所有的野鸭就全都立刻飞到天上，径直离海岸而去。

黑鸭这种雷打不动的警惕性可能是它们身上最显著的特点。夜间在偏僻的湿地里觅食时，或是大白天躲在沼泽深处时，它们永远不会有一刻放松警惕，也永远不会相信仅凭藏身地就能确保安全无虞。即便是在草丛中把脑袋缩进翅膀下面熟睡时，它们也总是保持着紧张兮兮的警觉，这是一种对危险的感应。一般情况下，假使能通过望远镜观察它们就应该感到满足了；但有一次，我逮到了一个绝佳的机会。我在它们擅长的捉迷藏游戏中蒙混过关，最终得以在近在咫尺的地方对它们进行观察。在楠塔基特岛上开阔的荒地上，有一个被高大山丘环绕着的长满了水草的小池

塘。池塘位于一片平原的中心，距最近的山一百码远，四周没有可供任何敌人藏身的树木、岩石或灌木丛；因此，野鸭们在那儿睡觉时能像在开阔湖面上那样明确地察觉到靠近的危险。

秋季的某一天，我经过那个地方，目光好奇地越过一座小山丘的山顶望了过去，正好看到一只落单的黑鸭从水草间游了出来。观察了几分钟后，它又钻进了水草里。我沿着小山丘爬了下去，眼睛紧盯着池塘。爬到半路时，又出现了一只黑鸭，于是我赶紧在没有任何遮挡的山腰上卧倒了。自然，黑鸭注意到了我这不寻常的物体，草丛中顿时传来一阵骚动；一时间，到处都是晃动的野鸭脑袋。让我大感惊讶的是，就这么一会儿的功夫，这些黑鸭的数目竟然达到了半百之多，全都在极度的不安之中游来游去。

我静静地趴着观察着，一晃五分钟过去了。突然之间，池塘里的所有动静都戛然而止，每只野鸭都把脖子从水里伸了出来，身体挺得笔直，直愣愣地看着我。它们纹丝不动，很容易被人误当作树桩或是泥炭沼泽的一部分。观望了几分钟后，它们似乎摸清了状况，三五成群地重又游进了水草里。

当所有野鸭都离开后，我打着滚儿从小山丘上下来，跌进了小溪边的一堆高草丛里。这样一来，想神不知鬼不觉地靠近就容易得多了；因为只要一有野鸭子出来察看情况——这种事起初几乎每分钟都要发生一次——我就能滚进草丛里，叫它们看不见我。

不到半个小时，我就来到了一处低岸边上，那里长满了粗糙的水草。在我下方六英尺之内便有一只大公鸭，它缩着的脑袋紧靠着自己的身体，让我疑心它的脖子是不是出了什么毛病。它的眼睛紧闭着，睡得很熟。在它前面还有十来只彼此紧挨着的野

低沉的嘎嘎叫声惹得每只黑鸭都从它们原本藏身的地方钻了出来

鸭，脑袋全都缩在翅膀下面。水草丛里，随处可见三三两两零星散布着的野鸭群，或是在睡觉，或是在衔弄它们富有光泽的黑色羽毛。

我还是头一回见到这样无知无觉的黑鸭群，观察起来觉得乐趣无穷，并且，一想到它们这些敏锐的观察家们竟然在自己擅长的游戏上输给了我，一种满足感便油然而生。假如叫它们知道离自己的藏身地咫尺之遥的地方还趴着个人，它们该如何惊恐万状啊！起初，只要看到哪只黑鸭眨了眨眼睛或是把脑袋从翅膀下伸出来，我的身体都会不自觉地缩作一团，想着自己一定是暴露了；但是，一段时间过后，这种感觉逐渐淡化了，因为我发现它们眨眼时睡意惺忪，而把脖子伸出来只是为了稍做伸展，就跟人舒舒服服地打个呵欠是一样的。

但后来的某次，我险些被发现了，但幸好附近就有可作掩护的水草，这才逃过一劫。那会儿，我正扬着头，双手托着下巴趴在地上，饶有兴致地盯着一只精心梳洗的小黑鸭。这时，从草丛的另一边来了一只老鸭子，它一头扎进开阔的水面，用余光发现了我。它发出低沉的嘎嘎叫声，惹得每只黑鸭都从它们原本藏身的地方钻了出来，集体进入一级戒备状态。它们先是在河的对岸挤作一堆，直直地朝着我趴着的河岸望过来。接着，它们慢慢地游过去，重新回到了水草丛的边上。有些黑鸭拼命地扑打着翅膀，整个身体只有尾部还浸在水里，伸长了脖子朝低岸望过去。凭着纹丝不动，我侥幸过了这一关。五分钟不到，它们就又安静了下来，连那只小黑鸭似乎也把梳妆的事儿抛在了脑后，跟同伴一起睡觉去了。

　　一连两三个小时，我就这样趴着，透过草丛观察它们，就这样失礼地暗中窥探着它们的集体生活中不为人知的一面。当西边的小山投下的长长的影子笼罩了池塘时，黑鸭们陆续从小睡中醒过来，开始来回游动，为离开做准备。很快，它们就在开阔水面的中心聚集在了一起，先是静静地待了一会儿，抬着头，蓄势待发的样子。不知是否有谁发出了什么信号，反正我是一点儿也没听见——与此同时，所有的翅膀都开始拍击水面，引得水花四溅；紧接着，就见它们用那种独特的方式笔直地冲入云霄，仿佛是被强力弹簧抛出去的一般。有那么一瞬间，它们似乎是一动不动，就像高高地挂在水面上的半空似的。然后，它们转了个方向，迅速地越过东边的山脉朝着沼泽的方向飞去，消失在了视野里。

黑夜歌者潜鸟

　　为着一样永远得不到的东西，潜鸟哀鸣着飞遍了整个世界；为着一个永远也寻不到的人，潜鸟上下求索；而这一切，都因为它曾是克洛特·斯卡尔普的"猎狗"。某天晚上，当向我解释潜鸟的叫声为何如此狂野和悲伤的原因时，西蒙斯如是说。

　　顺带一提，克洛特·斯卡尔普是一个传说中的英雄，是北部印第安人心中的海华沙①。很久以前，他住在沃拉斯杜克，是一切动物的统治者。那时，动物们和平共处，彼此语言互通；而且，像西蒙斯说的，它们"谁也不吃谁"。但是，当克洛特·斯卡尔普离开后，动物们就开始争吵不休。黑豹和食鱼貂开始残杀其他的动物。狼也随即效仿起来，吃掉了所有为它所杀的动物。一向为非作歹惯了的红松鼠在温顺和平的动物们之间搬弄是非，让它们彼此忌惮，相互怀疑。此后，所有的动物们在大森林一哄而散，开始各自为政的生活，所以才有了现在动物界弱肉强食、互不融

---

① 海华沙：美洲易洛魁联盟的酋长，奥农多加部落印第安人的传奇领袖。

洽的局面。

那时候还没有狗，搜寻滋
扰荒野的邪恶巨兽的潜鸟便成
了克洛特·斯卡尔普捕猎时的
助手；在所有的鸟兽中，只有
潜鸟对主人始终忠心耿耿。如
西蒙斯所说，狩猎能加固友情，
这是事实。正因为这样，潜鸟
现在还在满世界飞翔，寻找它
的主人，呼唤他回来。在低

飞着寻找新水域时飞在树梢之上的它，在向南迁徙时飞在视线之
外的高空中的它，在每片湖泊上方只闻其声不见其形的它，在广
袤、孤独而不为人知的荒野中发出声声悲凉的夜啼——在任何地
方，你都能听见它寻觅的声音。即便是在冬日的海岸上，明知克
洛特·斯卡尔普不可能出现的地方——因为克洛特·斯卡尔普厌
恶大海——忘却了自己的潜鸟也会纯粹因为孤独而偶尔大放悲声。

当我问及潜鸟叫声的含义时——因为在荒野之中，所有的叫
声都有它自己的含义——西蒙斯回答道："它的叫声有两层意思。
第一，它是在问，你在哪儿？噢，你到底在哪儿？而你们以为这
是它在笑，听起来有点儿像疯了似的。然后，由于没人回应，它
就开始说：哦，对不起，真对不起！噢——噫！就跟在森林里迷
了路的女人似的。它的第二种叫法就是这么个意思。"

这倒比我所知的任何其他说法都更能解释潜鸟叫声中那股狂
野的诡异感。这样一来，有些事理解起来就简单得多了。你在荒

野深处扎下营来，此时已是夜幕低垂。忽然，在雾蒙蒙的黑暗之中，从对岸传来了一声荒凉、颤巍巍的，让你在没弄清真相前浑身发毛的叫声——你在哪儿？噢，你到底在哪儿？这种说法还真挺符合潜鸟的个性的。

不过，它的叫声有时候也会有所改变，像是在直接发问："你是谁？噢，你到底是谁？"某年的夏天，我曾在某个大湖边上露营。湖上住着一只跟冠蓝鸦一样充满了好奇的潜鸟。它孤零零地住在湖的一端，而它的配偶带着两只幼鸟住在另一端，与它隔了九英里远。每天晨昏时分，它都会来到我的营地附近——近得非比寻常，因为荒野中的潜鸟是野性十足，又非常怕生的——大叫着发出挑衅。在某天的深夜时分，由于听到奇怪的波纹声，我点亮了给独木舟靠岸时用的一截老木桩顶端的提灯：原来是那只潜鸟，它正抱着极大的好奇心察看周遭的一切。

我们所做的每件不寻常的事都令它好奇不已，想弄个一清二楚。有一回，我乘着独木舟顺风朝湖的下游驶去，并在独木舟的船头立了一棵云杉的幼苗作为风帆。潜鸟跟着我飞出了四五英里远，一路鸣叫不已。黄昏时分，我的独木舟载着一头大熊驶回营地。熊那毛发蓬乱的脑袋露在船首外，腿在独木舟中间的横梁上晃荡着，活像一个黑人小老头把起了皱的双脚耷拉在桌子上。潜鸟好奇得再也无法自持，游到了离我不到二十码远的地方，绕着独木舟转了五六圈，向上拉直了身体，全身只有尾巴还留在水里，亢奋地扑打着翅膀，像只好奇的鸭子一样伸着脖子朝我的独木舟里望去，想看清楚我究竟带了个什么古怪的玩意儿回来。

此外，它还有一个奇特的习惯，正是这个习惯给它的生活平

潜鸟好奇得再也无法自持

添了无穷的乐趣。在大湖的西岸上有一个很深的湖湾，三面都被陡峭的山丘所环绕。那里的回音极大；大喊一声就能引起十几次清晰的回响。来自群山的层层叠叠的回声碰撞、混合在一起，听起来异常混乱。说起来，我发现这个地方的方式还怪有趣的。

某天晚上，在大湖的上游探索了一番的我正在往回走，忽然听到从西边传来潜鸟凄凉的叫声。据我目测，一共有五六只大潜鸟聚在一起，失心疯似的一起又笑又叫。我把船驶近了一探究竟。这一瞧，我才头一次发现一处通往湖湾的入口。于是，我在某个湖岬的背后小心翼翼地撑着桨向上游划去，想吓唬吓唬这些玩得不亦乐乎的潜鸟们。因为它们也跟乌鸦一样会玩游戏。但当我望过去时，却发现那里只有一只鸟——正是那只好奇的潜鸟。我一看到它的大个头和身上漂亮的斑纹就把它给认出来了。它会先尖叫一声，然后专心致志地听着，每当有回音自群山中传来时，它的脑袋都会配合地晃来晃去。接着，它又试起自己那种聒噪的笑音来——呜啊哈哈哈呼！呜咔哈咔咔咕！每当回声开始在它脑袋周围响起时，它就会兴奋起来，身体向上拉伸，只留尾巴在水里，同时拍打着翅膀，咯咯地叫着，嗓音尖利，为自己的演出效果欣喜若狂。出自它嘴里的每个狂热的音节都会由四周的群山飞快地反抛回来，直到周遭像是挤满了潜鸟为止。来自这些看不见的潜鸟的疯狂笑声，又全都和这位主演的喧闹的絮叨声掺杂在一起，那股子喧嚣劲儿令人瑟瑟发抖。而每到这时，潜鸟又会忽然噤声，专注地听着重叠在一起的回声。但不等到这阵混乱尘埃落定，它又会重新兴奋起来，转着小圈游来游去，展开翅膀和尾巴，展示它华丽的羽毛，仿佛每个回声都是一只仰慕它的潜鸟一般。凭借

一己之力在这沉寂的天地里闹出了这么大的动静，此时的它就像只孔雀一样自我感觉良好。

除了它之外，这片湖上还住着一只母潜鸟，它的两只蛋都被一个贼头贼脑的麝鼠偷走了；但它不知道谁是罪魁祸首，因为麝鼠会把鸟蛋推着滚进水里，然后再带走吃掉，让母鸟连蛋壳都找不到。我们的独木舟一驶进湖里，它就立刻游到下游，迎了过来，质询般地叫着："它们哪儿去了？噢，到底哪儿去了？"它跟着我们横渡过湖面，谴责我们的抢劫行为，把那个相同的问题问了一遍又一遍。

但是，不管潜鸟的叫声有什么样的含义，潜鸟的存在感大部分都来自于此。事实上，它最为人所知的特征就是它的鸣叫声——充斥在荒野的夜间的狂野而怪异的鸣叫声。潜鸟受到的关于鸣叫的启蒙很早就开始了。有一次，我正划着船沿着一片野湖那长满了草的岸边探索，一只母潜鸟忽然出现在湖心，高声鸣叫着，拨弄得水花四溅。我赶忙划桨过去看发生了什么事。在我接近时，它显然也曾竭力朝后躲，但同时仍然高声鸣叫着，用双翅拍打着水面。"噢，"我说，"你的巢一定就在附近，你现在是在想办法让我离开这儿。"这是唯一叫我见识到潜鸟也会尝试母鸟常用的那套唬人的伎俩。通常，在独木舟离巢还有半英里的时候，它们就已经悄然溜走了，然后它们会在水下潜行一段很长的距离，在湖的另一端安静地观察着你。

我折返回去，花了些时间在一处小湖湾的沼泽里寻找潜鸟的巢；但很快就放弃了这种搜寻，转而去调查从湖岸远处传来的一种持续不断的怪叫。它来自于高草丛间的某个隐蔽的地方。那哨

音般的低微叫声显得很急迫，不知怎么的让我联想起一窝小鱼鹰。

正当我为了找到那声音的来源而在沼泽里小心而费力走动时，无意间竟然撞见了潜鸟的巢——就在沼泽边上光秃秃的地面上。母鸟拔掉了那儿的草，在泥里刨了个深得让鸟蛋滚不出去的坑。两枚带着褐色斑点的橄榄色大蛋就这样被大喇喇地搁在裸露的地面上。我没有动它们，而是径直离开去调查那在我接近鸟巢时停了片刻的叫声。

没多久，这叫声就又在我身后响了起来，起初还有些微弱，随即就变得响亮了起来，显得比先前更为急迫。直到我又循着它回到了潜鸟的巢边，它才又停了下来。可是，这里只有两枚被搁在沼泽上方的状似无辜的鸟蛋，什么能发出声来的东西都没有。我弯下腰来，更加仔细地观察起它们来。这一看，我才发现，原来在鸟蛋的边上还有两个洞，从洞里面伸出了两个小小的喙尖。洞里有两只小潜鸟，正用尽了肺活量使劲儿地叫唤着："让我出去！噢，让我出去吧！这里好热！让我出去——喔噫！噗——噗——噗！"

考虑到母鸟在放它们出洞这事上比我内行得多，我就把这工作留给了它。第二天，我又回到那个地方，在仔细观察了一番后，我发现那两只小潜鸟正在沼泽间偷偷地进出。虽然这种自由让它们感到欢欣鼓舞，但它们行动起来却如魅影一般悄无声息。与此同时，它们的鸟妈妈正远在湖面上忙着捕鱼给它们当晚餐呢。

观察潜鸟捕鱼总是非常有趣的。只是它十分怕生，导致你很难获得观察的良机。有一次，我发现了潜鸟最喜欢的渔场，从此以后每日必到，躲在岸上的一片丛林里观察它。钻进独木舟里用处不大。只要我一靠近，它就会不断地往深水处沉下去，就好像在身上加了压舱物似的。它究竟是怎么做到这一点的？这件事至今仍是个谜，因为它的身体比同等体积的水要轻得多。但不管是死是活，它都能像软木一样浮在水面上；似乎仅仅是在某种意志的驱使下，它不费什么力气就能沉入水里，消失得无影无踪。假使你借着独木舟靠近它，它会缓缓地往开游去，左右摇晃着脑袋，用两只眼睛轮流地盯着你瞧。你的独木舟开得很快，这时，它发现你逼了过来，距离已经近得有点过分了，可它仍在水面上坦然自若地游着，不动声色地观察着你。猝不及防间，它开始往下沉，潜得越来越深。很快，水就淹过了它的背。你再往前靠近一点儿，这时它的身体也消失了，只有脖子和头还留在水面上。只要你抬抬手，或是做个什么快动作，它就会彻底消失了。它像道闪电一样潜入水里，游得又深又远，而等到再次浮出水面时，它也就脱离险境了。

假如你留心观察潜入水中的一瞬间它的喙所指的方向，你就能准确地判断它再次浮出水面时的位置。刚开始追赶它时，你很容易被迷惑，而且会发现它极少从你预料的地方现身。一开始，我也是朝着它离开的方向卖力地划桨，到了最后却发现它最终出现的位置总是向左或向右偏开一大截，有时还会在我身后出现。究其原因，是因为我追踪的是它的身体。它的身体朝这个方向游动，却把头转到另一边去，然后才潜入水里。如果你对它穷追不舍，它便会用这样的行动来误导你。因此，你应该跟着它的喙走——它自己也是这么做的。这样一来，当它浮出水面时，你就会离它很近，因为它在水下一般是不会转弯的。

假使有两个壮汉划桨，想要把它拖得筋疲力尽并非难事。尽管它能以极快的速度游动——快得足以追踪并抓捕鳟鱼——但长时间的深潜会让它感到疲累，因此在第二次潜水前必须要休息一番才行。如果你正在追踪它，就应当趁它出现的那一瞬间大喊着挥舞你的帽子，并在它再度潜入水中时沿着它的喙所指的方向奋力划桨前行。这样一来，等它再度浮出来时，你与它之间的距离就更近了。然后，你再如法炮制地快速把它唬进水里，然后再次跟上去。这时，它会突然在你身边的水里跳出来，直让飞溅的水花落入你的独木舟里。有一次，它恰好从我的船桨下面钻了出来。而在它离开之前，我还趁机从它背上拔下了一根羽毛。

这最后一次的现身总会把它吓得方寸大乱。这时，你费尽了心思想要做的事——好好看看近在咫尺的潜鸟——终于可以实现了。它在四下喷溅的水花之间匆匆离开，用翅膀拍击着水面，使劲地踢腿好让自己浮起来，就这样游到了一百码开外，留下一条像是艉明轮船①形成的尾迹，直到完成了足够远的助跑，才终于飞离了水面。

在助跑之后，它的动作就没有一丝笨拙的迹象了。它的一双短翅快速地起起落落，就像顺风中猛扑向下方充当诱饵的野鸭一样考验着你穷追不舍的眼睛。在它停止鸣叫的时候，你能听见它的双翅在你头顶上方的高空迅速而有力的拍打声。它飞得又快又稳，往往能抵达遥不可及的高度。但是，只要一生出降落的念头，同时联想到自己那双短翅、抵达的高度和飞行的速度，它就会变得胆怯起来。冬季的海洋能满足它对空间的所有需求，有时，它

---

① 艉明轮船：用明轮推进船尾的轮船。

会在海面上斜斜地滑翔数英里，像海豚一样穿过数十道海浪才能最终在海面上停下来。但是，由于湖面上空间较小，它没法用这种方法降落，所以一到这种时候就会犯迷糊。

有一年的九月份，我常在一片小湖上花费数小时的时间来观察它降落的过程。十二到十五只潜鸟聚集在一处，正在举行嘉年华。每一只路经此地的同类都会被它们召唤下来，因此这个小小的群体逐日壮大了起来。黄昏时分，它们最喜欢的降落时间来了。在一片寂静之中，我总能听见潜鸟的声音遥遥地传来，但远在云霄之中，只闻其声，不见其形。很快，湖面上就出现了一只潜鸟绕着大圈盘旋的身姿——"下来；噢，下来吧。"其他的潜鸟呼唤着。"我不敢；喔——噜噜噜噜噫！我害怕。"半空中的潜鸟如是作答。它可能是只第一次经历迁徙的幼鸟，从拉布拉多一路飞到了这里，此前还从未有过高空降落的经历。"来吧；噢，来啊，喔噜噜噜噜噜！你不会有事的，我们都成功了；来吧。"其他的潜鸟叫道。

接下来，每飞一圈，小潜鸟都会滑翔到更低的位置，转着大圈绕着湖面盘旋，不断地高叫着。而与此同时，湖面上所有潜鸟都在随声附和

着它。等到下降到足够低的地方时，它便把自己的翅膀收了起来，朝着杂乱地聚作一堆、像学童一样高叫着的鸟群正中心飞速坠下来——"当心！他要摔断自己的脖子了；他会撞到你；要是叫他撞到你身上，你的背就要断了。"——于是，它们极为惊恐地四散而去，但谁都没忘了回头看看小潜鸟是否安然降落。这小家伙降落的速度快得吓人，先是在水面撞出巨大的水花，又在半个湖面上扬起一片片白浪，最后才终于能让自己的腿回到身下并转过弯来。这时，所有的潜鸟都聚到了它周围，喋喋不休，扯着嗓子又叫又笑，这种喧闹是这只小潜鸟此前从来没有经历过的。这时，它会来到群鸟中间，我猜它一定是在对大伙大发感慨：从这么高的地方落下来而没有摔断脖子是件多么了不起的事啊。

到了深秋，我又发现了这群潜鸟身上另外一件让人惊讶的事。在我的营地视野之外有一处安静的湖湾，好几个晚上我都能听见它们在那儿闹腾，动静很不寻常。我问西蒙斯它们这是在做什么——"噢，我也不清楚，我猜是在玩游戏吧，就像小男孩一样。潜鸟吃饱了后有时会这样。"西蒙斯一边煮着豆子一边回答我。这激起了我的好奇心，但是当我来到那片湖湾时，天色已经暗得叫我没法看清它们在玩的游戏了。

一天晚上，我正在钓鱼，听到传来的嬉闹声跟往常不太一样，因为它时不时地会变得寂然无声，但随即又会被一阵突然的尖锐叫声打破；接下来就是长达几分钟的寻常的鸟言鸟语，然后又是一阵寂静，并被更为刺耳的尖叫声打破。这意味着，此时一定发生了什么不同寻常的事；于是我扔下鳟鱼，决心走过去一探究竟。

独木舟穿过离潜鸟们最近的水草地带的边缘，我看见了一条由十二到十五只彼此分散的潜鸟排成的长队，从湖湾前端一直拉伸到几乎位于我正对面的湖岬。在队伍的另一头，有两只潜鸟正在游来游去，不知道到底在干什么。突然，潜鸟们开始"说话"了。可能有某种信号被发送了出来，只可惜我是听不见的。那两只潜鸟转过身来，开始同时朝队伍猛冲下来，翅膀和脚划拉着，好帮着自己比赛时飞得更快。在它们所经之地，处于队伍上游的潜鸟们跟在它们身后追了上来，以便能更好地看清比赛的结果。两只潜鸟一前一后冲过位于我这边的队伍尾端，彼此相隔不过一码远，真是一场激烈又艰苦的比赛，整个过程是完全静默无声的，直到这时才终于爆发出一阵我闻所未闻的尖叫。所有的潜鸟都向这两位游泳选手凑了过来，它们扯着嗓子又叫又笑，起初喧闹不已，随即又渐渐平息下来；然后，它们又相互散开，连了一列新的长队。此时，又有两只潜鸟出列，在队伍的一端站好了位。这时，天已经擦黑了，我把独木舟往更近的地方划去，好让自己能看得更清楚些，谁知这样的动静竟然让这场比赛戛然而止了。

在那之后，我又曾两次从夏季露营的人们口中听闻他们目睹潜鸟在湖面比赛的事情。潜鸟们应该经常用这种方式来打发时间，我对此深信不疑，因为在这个时节，它们不必再像夏日那样对雏鸟的安危忧心忡忡；在硕果累累的秋季，有大量的鱼可充当食物，可以用来消遣取乐的时间多的是。毕竟，向南迁徙到海岸上度过那艰难而孤单的冬季的日子还在后头呢。

在所有曾在深夜朝我尖叫过或与我共享过夏日湖泊的潜鸟之中，只有一只曾经给过让我近距离观察的机会。那是一片夏季的旅人从未涉足过的荒僻至极的野湖——有只母潜鸟离开了它惯常

筑巢的开阔湖岸而来到了这让它感觉安全的地方，把自己的蛋下到了一处狭窄的湾头间的沼泽地里，而我正是在抵达此处一两天之后发现它们的。

那时，我成日成日地在那里晃荡，满心希望母鸟能习惯我和我的独木舟的存在，这样我就能在后期观察它是如何驯养幼鸟的；但它的那股野性让我无计可施。不论我何时出现在它筑巢的沼泽地，待在只能瞧得见它的脖子和头的地方，哪怕我在草丛间再怎么站得笔直和悄无声息，它都会离开鸟巢，悄悄地穿过那翠绿的覆盖物钻进更深处，然后从水底溜走，连一丝涟漪都不留下。如果这时立刻顺着舷缘望向清澈的水里，还能有机会瞥见它一眼，

而那不过是从船下深水处迅速掠过的一道灰影和一串银色的气泡而已。就这样，它一路穿过开阔的水域，最终出现在湖的远端，在那儿像是捕鱼般地游来游去，直到我离开为止。由于我从不惊动它的巢，而且总是很快就划船离开了，这让它以为自己成功地骗过了我，以为我对它或它的巢一无所知。

一计不成，又生一计。我在独木舟里躺着，让西蒙斯帮着把船划到巢边。当母潜鸟远在湖面，把自己藏身在长满草的湖岸后的时候，我就开始行动起来，坐在沼泽边上

的一棵友睦的桤木下，离鸟巢不过二十码，这时西蒙斯便会划桨离开。母潜鸟丝毫没有起疑，便又游了回来。从鸟巢的形状来看，我认为它并没有坐在自己的两枚蛋上，而是坐到了沼泽上，只是用翅膀将鸟蛋拨弄到了自己身边而已。这两枚蛋就是它们拥有或需要孵化的全部了，因为不出一个星期，我再观察时，鸟蛋已经没有了，取而代之的是两只活泼的小潜鸟。

经历了这初次的成功后，我便开始独立行动了。趁着母鸟远在湖面上的时候，我便把独木舟停在位于鸟巢下方一百码左右的水草丛里。接着，我从那儿进入桤木林并来到沼泽地里。在那儿，我能清清楚楚地看见潜鸟一家子。等待了好一阵后，母潜鸟终于偷偷进入了湖湾。又经过好一阵的徘徊后，它慎之又慎地走近我的独木舟。它看了又看，听了又听，终于相信这东西是无害的，而我并没有藏在附近的草丛里。确信了这件事后，它便会径直回到巢里。到了这一步，我就终于能够心满意足地近距离观察这只潜鸟了。

它经常一坐就是好几个小时——似乎从不睡觉，一双眼睛总是神采奕奕——用喙梳理自己的羽毛，慢慢地转动脑袋，便于眼观八方，不时地还会死盯着一只没头没脑的苍蝇——全然没有意识到我就在它身后，还观察着它的一举一动。等到瞧够了，我便会偷偷地沿着一条驯鹿踩出的小径，头也不回地划着独木舟静静离开。不消说，只要我一进独木舟就会被它发现，但它一次也没有因此而离开鸟巢过。当我行驶到湖面的开阔处时，只消用望远镜搜寻一下，便能看见它在草丛中隐现的脑袋——这家伙还在忧心忡忡地朝我的方向望着呢。

　　我原本满心期待着它能让幼鸟们从坚硬的蛋壳里爬出来并第一次下水小试牛刀，但这不过是种奢望罢了。头一天我还听见鸟蛋里传来它们的吱吱声呢，到了第二天再来的时候，它们筑巢的沼泽上就空无一物了。我不由得担心起来，想着是不是有谁听见了雏鸟们吱吱的叫声而趁着母鸟离开时过早地终结了它们的性命。但是当母鸟回来时，它在那艘老独木舟四周比寻常更为审慎地观察了一番后，两只毛茸茸的小家伙从草丛里钻了出来，蹦蹦跳跳地来到它身边——原来它一直让它们藏在那儿，叮嘱它们在它回来前不要乱动。就像所有的野鸟一样，它要么是把蛋壳运走了，要么就是吃了下去，这样就能避免那些可疑的白色将那些冒着凶光和贼光的眼睛引到自己家里来。

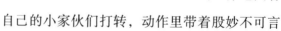

　　观察小潜鸟的第一次摄食是极为难得的机会。在等待进食的喜悦和对新世界的好奇中，所有的小家伙们都显得迫不及待，雀跃不已，而母鸟则是满脸的宠溺，同时又保持着高度的警觉。我从未见过潜鸟性格中如此高贵的一面。这伟大的野性十足的母鸟一刻不停地围着自己的小家伙们打转，动作里带着股妙不可言的优雅劲儿。它异常怜爱地注视着它们嬉戏，为它们盯着那个危险的大世界，时而温柔地呵斥它们几声，时而靠近了用它有力的喙碰碰它们，或是用它的脸蹭蹭它们

那小小的脸颊，又或只是满溢母爱地在它们边上喜滋滋地低声吟唱。一时之间，就连这夏日的荒野也因此变得美丽起来——但现在，只花了不到十分钟的时间，它就推翻了我的成见，完全赢得了我的心，哪怕曾耳闻目睹它对渔场的破坏力——毕竟，为什么它就不能像我一样好好地捕鱼呢？

接着，小潜鸟们又参加了关于游泳、躲藏和潜水的第一堂课，而这正是我期待已久的场景。

后来，我注意到母潜鸟带来了些已经被它事先特意弄得半死了的小鱼，将它们放进浅水里，用尖锐的叫声把小潜鸟们从它们藏身的地方唤了过来，让它们为了赢得自己的晚餐疯狂地追逐、潜水。可是，还没等达到这个目标，一场悲剧却险些发生了。

一天，母鸟外出捕鱼时，小家伙们从水草间的藏身地钻了出来，大着胆子往外走了一段路，进入了湖湾里。这是它们单独进入这个世界的第一次旅程，它们充满了好奇，一副郑重其事的样子。我正看着呢，突然，它们开始惊惶四窜，用对这些小家伙而言堪称惊人的速度奔跑着，尖叫连连。只见从上面的浅滩上，一圈迅速扩散的涟漪出现在了它们和它们熟悉的那巴掌大的沼泽地之间的水里。在涟漪的后面出现了一只麝鼠的尖鼻子和亮晶晶的眼睛，这是个总热衷于在这种场合搞鬼的家伙。它是在某次觅食时发现这窝小潜鸟的。眼下，它在小潜鸟和湖岸之间游来游去，切断了它们的退路：这是它采取的一种狡猾的策略，目的是让受了惊吓的小潜鸟不断跑动，直到精疲力竭为止。

麝鼠非常清楚，当幼小的潜鸟、雄麻鸭和黑鸭像现在这样在野外被困住时，它们会设法回到母鸟离开前安排它们藏身的地方。

眼下，可怜的小家伙们就正是在这么做，可结果却是被麝鼠赶了回来，不停地疯狂奔跑着。麝鼠不时地从水里钻出来，由于垂涎美食而吧嗒着它那丑陋的嘴巴。它上次搜寻时没发现鸟蛋，但是小潜鸟比鸟蛋还要好，肉也更多。"抓住你们啦！"它狰狞地叫着，朝离它最近的那只小潜鸟猛扑了过去，但小潜鸟倏地钻进水里，勉强逃脱了。

我决定挺身而出，因为这些野生的小家伙们是我亲眼看着长大的，我对它们的喜爱也是与日俱增。这时，我左边传来了巨大的溅水声：是母鸟赶了过来，那股气势就像复仇之神。它半游半飞，披波斩浪，大步流星，在身后留下一串泛着泡沫的雪白尾迹——"你这小混蛋，受死吧；它来了，它来了。"我兴奋地想着，退回到一边观望了起来，但那只麝鼠却铁了心要作恶到底，仍旧满怀敌意地撵着累坏了的小家伙们跑，对身后发生的事毫无察觉。

令我大感意外的是，在二十码开外，母潜鸟钻进了水里，一闪就不见了。这究竟意味着什么呢！突然，有样东西像弹弓一样自下方击中了麝鼠，并把它从水里顶了起来。随着一股巨大的冲击力和四溅的水花，母鸟从它身下钻出了水面，那尖尖的喙已经穿透了麝鼠的脊柱。此时，我已经没什么插手相助的必要了。随即，母鸟又对准麝鼠的眼睛和脑子笔直地用力啄了一下，不屑一顾地将它抛到了一边，朝自己的孩子们疾飞了过去。它扑打着翅膀，咯咯低叫，盘问、诘责、夸赞，一气呵成，柔情似水。随后，它绕着麝鼠的尸体游了两圈，便带着幼鸟们离开了。

也许正是这几只小家伙中的一个曾帮过我一个忙，而我也为此感激不已。那是在九月，我在离某片湖十英里以外的地方——正是上文提到的那片湖，里面聚集了十几只南迁前的年轻潜鸟，它们喜欢嬉闹，偶尔还来个游泳比赛，让我大饱眼福。那次，我在一口鳟鱼很多的池塘边钓鱼，等到往营地所在的湖边回返时却迷了路，一时间备感绝望，因为那时已是黄昏时分了。由于不想再顺着那条我清早来时取道的河流经历艰难又漫长的跋涉，身上没有带指南针的我决心试着抄近路穿过一片没有遭到过破坏的森林。在夏季穿越北方的森林是一项艰苦卓绝的工作。苔藓长得深及足踝，灌木林生得茂密严实；倒木相互交错，混乱至极，人得上蹿下爬横穿竖越，举步维艰，同时还得忍受成群的黑蝇和蚊子的叮咬和烦扰。在那种情况下，如果没有极强的方向感，没有指南针傍身或大太阳的指引，人几乎很难能保持正确的行进方向。

在迷路之前，我连一半的路都没有走完。太阳已经被遮蔽了很久，天上下起了毛毛雨。在雨中，刚刚抵达一处灌木丛的我彻底迷失了方向。我开始动手搭建一个小棚屋，做好了在这里惨淡过夜的准备。这时，我听见了一声尖叫，抬头一看，竟然是一只从树顶上高飞而过的潜鸟。接着，从我右方的低处，有一阵回应的叫声自前方隐约传来。于是，我赶紧朝这声音传来的方向赶去，途中还用折断的树枝做了个印第安式的指南针。在天上飞着的是

只年轻的潜鸟，花了很长时间才落下来。这时，前方的叫声渐渐变大了，原来是日间休息的其他潜鸟们被它的到来打扰了，于是比往常更早地开始了活动。潜鸟们的叫声自响起后不久就几乎没再停过，而我则循着这声音径直回到了湖边。

一到那里，在日渐昏沉的暮色中找到河流和我那歇在桤木林下耐心等待着的老独木舟就变得很简单了。没多久，我就已经再次乘船漂浮在水面上了。想到那片阴郁的森林已经被甩在了后面，而营火在远方湖岬的后面召唤着我，我心中当时那种无法言说的释然感，只有先迷过路而后又听到汩汩的涟漪声的人才能体会得到。但在我的独木舟出现的那一刻，我那不愿表功的向导就飞快地消失了。

从那以后，每当在夜间听到潜鸟的声音，或是听到其他人谈及它那瘆人的笑声时，我总会想起那萦绕在树梢上的叫声和从远处传来的那令人战栗的回应声。在我听来，那声音似乎多了一种此前从未被察觉到过的魔力。当我在森林里迷失方向时，是黑夜歌者潜鸟发现了我并指引我回到了舒适的营地——对于身在荒野中的人来说，这是一种刻骨铭心的经历。

黄鹂筑巢

当你看到黄鹂悬挂在老榆树那下垂的长枝条上在光影之中摇晃的样子，你会是怎样地浮想联翩啊！对于小黄鹂来说，这是个多么可爱的摇篮啊。它们能乘着夏日微风那丝丝缕缕的气息摇晃上一整天，透过裂缝偷看一晃而过的世界，用明亮的眼睛观察着树下徒劳朝上望着的小男孩，或是瞧一眼掠过自己身体的小山般高的干草，忽高忽低，欢快地叫着，一点儿也不害怕跌倒！母鸟外出捕捉毛虫时一定是放心的，因为在它离开期间，任何鸟的天敌都没法前来为难它的孩子。被所有把巢搭在低处的鸟类视为噩梦的黑蛇永远爬不到这么高。红松鼠——专吃幼鸟的小坏蛋——在柔嫩的榆树枝上也找不到能立足的地方。同样，乌鸦即便有心想偷走幼鸟，但树上却没有它的栖身之地。鹰的腿长也不足以伸下来抓住它们，顶多偶尔冒险接近人类的房屋，在鸟巢上盘旋片刻而已。

　　除此之外，黄鹂是个睦邻友爱的小家伙，这样的性格让它受益匪浅。尽管依靠狡黠的天性建造了悬挂式的鸟巢，并让幼鸟们无论身处何地都能免遭危险，母鸟还是倾向于把巢建在老鹰、乌鸦和猫头鹰极少出现的人类房屋附近。它了解自己的人类朋友，并接受他们的庇护，每年都会回到同一棵老榆树上，把被暴风雨摧毁的旧巢上还能用的丝线细心地保存下来并进行分类，用来搭建新巢，就像个勤俭持家的小主妇一样。

　　但是，最近这些年，据我观察，在新英格兰城镇幽僻的街道上，这种漂亮的鸟巢越来越少见了。黄鹂热爱和平，不喜欢那些由聒噪而好斗的小无赖组成的团体——近年来占领了我们街道的麻雀就属于这种。如今，我经常能在远离人类房屋的偏僻道路上看到前些年还很少出现的黄鹂鸟巢。在荒无人烟的农舍旁，从前只有一个黄鹂巢的地方，现在却能在旁边的老榆树上看见两三个悬挂的鸟巢，因为这种地方离城镇太远，麻雀很少光顾。

　　在远离房屋的偏僻道路上搭建的鸟巢明显更深，能更好地保护它们免受天敌侵犯，这是一项能证明鸟类拥有敏锐直觉的有趣证据。在枫树或苹果树这种没有让猛禽无法立足的下垂树枝的树上搭建的鸟巢有时也是如此。有些聪明的鸟并不会把巢筑得很深，而只是收窄巢口，以此达到保障安全的目的。在第一次筑巢的时候，幼鸟们似乎都不敢信任自己的编织能力。它们筑的巢总是较浅，因而遭受猛禽的欺凌也最多。

　　在对建筑材料的选择上，鸟儿们都是慎之又慎。它们很清楚，没有任何树枝能从下面支撑住鸟巢，小黄鹂的安全还得仰仗紧密编织在一起的坚韧材料。它们有种聪明的法子，似乎一眼就能看出某根丝线是否够强韧，可堪一用；但有时，在选择头一批能承受整个鸟巢的重量的丝线时，它们并不愿意仅凭外观做判断。这种时候，两只鸟儿可能会举行一场小型的拔河比赛，用脚支撑着身体，像一对㹴犬似的摇晃拉扯着丝线，定要好好测试一番才行。

在收集和测试筑巢材料时，黄鹂的聪明才智显露无遗。记得几年前的某一天，我趴在一堆灌木丛下观察一对在房屋附近筑巢的黄鹂。那天是典型的适宜筑巢的天气，阳光透过柔嫩的绿叶和白得耀眼的苹果花泼洒下来，空气中满溢着温暖和芬芳，鸟儿和蜜蜂忙碌的身影随处可见。黄鹂似乎永远那么快活：尽管材料不易寻觅，它们得为此付出艰辛努力，但在那天的一派光明之中，它们仍是那样欢欣鼓舞。

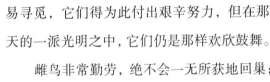

雌鸟非常勤劳，绝不会一无所获地回巢；与此同时，披着橘黑相间的绚丽羽毛的雄鸟则绕着树木嬉戏，用温暖和圆润的嗓音轻唱着小调，仿佛是一缕照射进花丛中的南方的阳光。有时，它也会停止嬉戏去找点儿线头，然后唱起一曲快乐的即兴歌曲，或是与配偶一道飞回巢里。每当对方觅得上佳的材料回来，它便温柔婉转地鸣叫起来，一半是奉承，一半是恭贺。只不过，大部分时候，它只参与庆祝，而把负责筑巢的工作交给了雌鸟。

就在我面前，在被大风吹拂的墙根下有一块破布头，松散的线头伸得到处都是。我

正在好奇为什么没有鸟来对它好好加以利用呢，只见雄鸟轻快地飞了过来，原来是发现了布头。起初它只是围着布头跳来跳去，接着就开始撕扯起上面的线来；但是，由于这块破布只是轻飘飘地落在草丛上，只要它扯一下，整块布就会跟着动起来。它不厌其烦地忙活了好一会儿，先后在布头的每一边都试着拉扯了一下。其中有一次，破布被草根勾住了，于是它稳住了自己，用尽全身力气拉扯才把它弄了下来。在一片混乱中，它来回打了好几个滚，显得十分滑稽。它并没尝试多久就飞走了，这让我大感意外，以为它已经放弃了努力。

但没多久，它就跟自己的配偶一起回来了，无疑，它的配偶在它看来就是个小能手，知道如何应付这种情况。鸟儿口不能言，却有些非常独特的方式让对方能知晓自己的想法，能起到跟说话一样的作用。

两只黄鹂合作了一会儿，偶尔能拽下一根线头来，但这样的所得显然配不上它们付出的辛苦。问题在于，它们每次都是在朝同一个方向拉扯；这样一来，它们只是把那块布头在草坪上拖来拽去而已，却没能扯出想要的线头。这会儿还站对了角度拉出了一根长长的线，但下一刻就又站到了同一边。雄鸟似乎没按配偶的叮嘱行事，只是亦步亦趋地跟着对方而已。每当雌鸟用力拉扯某根线时，它总会跳过来，尽可能地靠近，然后跟它一起拉扯起来。

它们中途放弃了两次，但在其他地方费力地搜寻一番后又返了回来。在这种季节，理想的材料并不好找。我正在好奇它们的耐心能持续多久时，雌鸟突然抓住了布头的一角，贴着地面飞了

起来，身后拖着那块布，高声鸣叫着消失在了花园一角的一棵山楂树里头。片刻之后，雄鸟也跟着钻了进去。

我对它们此时的行为充满了好奇，但又害怕会打扰它们，于是只能干等着。终于，我看见它们都带着些长线朝鸟巢飞了过去，并一再重复这个过程；这时，好奇心战胜了种种顾虑。当这对黄鹂正在把最后的几根线编进它们的巢里的时候，我绕过房子，在老墙后面慢慢地挪着步子，在山楂树附近找了一个安全的藏身地。

此时，两只黄鹂已经把问题给解决了，那块布头被稳稳当当地固定在了荆棘丛间。很快，黄鹂就抓着些许线头飞了回来，并毫不费劲地将它们解开了。现在，要集齐一次编织所需的尽可能多的材料只需要花费片刻的功夫。我就这样看着它们在山楂树和老榆树之间两头奔波，勤勤恳恳地工作了一个多小时。没多久，一个深度适宜的鸟巢就初见雏形了。有好几次，当黄鹂用力拉扯时，布头都从刺尖上滑了下来；但每每此时，它们都会把它捡起来，重新把它更为牢固地穿在荆棘上。直到整个布头缩作一团，再也扯不下一根线来时，两只黄鹂才终于离开，不再回来了。

在那一天，我带了些色彩鲜艳的

毛线和丝带出来，四散在草地里。黄鹂没多久就发现了它们，并用它们来填补鸟巢。淡灰色的巢壁中掺杂着一丝丝明亮的色彩，让鸟巢总是呈现出一种假日喜庆的色彩，倒是跟黄鹂鸟那兴高采烈的特质很是一致。不过，当小家伙们啄破蛋壳后，填满那些嗷嗷待哺的小嘴的永恒责任让它们筑巢的那股快活劲儿渐渐消退，而夏日的降雨和烈阳也将那鲜艳的色彩漂成了与鸟巢整体色调一致的素净灰色。

这一家子黄鹂从头到尾都很幸福，没有任何从天而降的灾难，没有任何扰乱它安宁的天敌。等到幼鸟们飞往南方后，我把那个亲手帮着搭建过的巢取了下来，把它挂在自己的书房里，以此来纪念我这群聪明伶俐的小邻居。

大自然的一角

大自然的一角

　　听到鹌鹑欢快的叫声，大部分新英格兰人都会联想到微风吹拂的丘陵牧场：在那儿，一只斑驳的褐色小鸟站在羊圈最高的栅栏桩上，唱着旋律优美的歌。农民们说，它这是在预报天气，意思是"潮气！加重的潮气！"但男孩子们却说，它只是在宣布自己的名字："鲍勃·怀特！我是鲍勃·怀特！"然而，不管它是在预测未来还是在自我介绍，它的嗓音听来总是那么悦耳。熟知它声音的人们总会心怀愉悦地聆听着，并且很快就会爱上发出这种叫声的鸟儿。

　　鲍勃·怀特还有另一种叫声，比

它那孩子气的哨音更为动听，但相对而言较少为人所闻。那是一种轻柔的清澈的鸣音，是雄鸟召集四散的鸟群时专用的。当你于日落时分在森林里漫步时，偶尔会听到这声音从葡萄藤与菝葜相互杂缠着横生的地方传来。假如耐心地拨开那片矮树丛走进深处，说不定就能看见前方的岩石或树桩上站着的漂亮的鲍勃鸟，那再柔和、再动听不过的鸣叫声就是它发出来的。它这是在告诉自己所属的鸟群，它刚发现了一个好去处，大家伙儿可以来这里过夜，而不必担心猫头鹰和觅食的狐狸的滋扰。

假如作为观察者，你耐性非凡又能静得下来，你很快便能听到叶片上传来一些个小脚轻快的踩踏声，随后看见褐色的小鸟从各个方向纷至沓来。假如能有那种千载难逢的机会，你说不定还能瞧见它们亲热地聚做一团——尾巴挨着尾巴，头朝外，就像车轮上的轮辐一样，并保持这样的状态入睡、过夜。这种时候，它们那轻柔的哨音和叽喳声便会是你森林里听到过的最动听的乐音。

雄鸟的这种鸣音模仿起来并不难。猎人们偶尔会模仿这种声音来召集四散的鸟群，或是用来锁定雄鸟所在的位置，因为它总是会回应头鸟的呼唤。我经常在日落时分召唤群鸟入林，这样

就能好好地瞧一瞧它们东飞西窜地寻找那位吹响号角的号手的样子。

我是在某个黄昏时分蓦然联想到这一切的。那会儿，我正在安特卫普的大动物园里望着满满一院子的鸟——它们同属于雉科，来自世界各地，足有三四百只，正在岩石和人造的灌木丛间跑跑跳跳。有些鸟表现出十足的野性，几乎毫不逊于它们在产地森林里的状态；剩下的由于长期接受游客的喂养，已经变得驯服了。

对于一名只熟悉原产地鸟类的爱鸟人士来说，眼看着草丛中这些陌生的形和色，耳听着由树上和灌木丛里传来的陌生鸟声组成的大合唱，难免一时心生困惑。但是，突然之间，我感受到了自然的抚触。眼前那只漂亮的棕鸟，身姿优美，跑得不仅飞快，还带着一种紧张感——谁也不会把它认错，那是鲍勃·怀特。一看到它，三千英里外的新英格兰那可爱的风景顿时闪现了出来。鹌鹑一只接一只地出现而又远去。这时，我想起了夕阳下的森林，于是轻柔地呼唤起来。

不远处是正在接受喂养的食肉动物们：笼子里传来一阵阵可怕的骚动。一只雄狮咳嗽似的咆哮让空气战栗起来。凤头鹦鹉尖叫起来；聒噪的鹦鹉也发出骇人的喊叫。孩子们在不远处玩耍，吵闹。院子里聚集了五十多只鸟，有的在唱歌，有的在发出奇怪的鸣音。除此之外，方才我见到的那只鹌鹑也是在远离家乡的地方由陌生的母亲孵化出来的。正因为如此，我对成功几乎没抱什么希望。

但是，随着我呼唤的声音越来越响，一个清澈的真假音自如切换的鸣音像阵电流一样从左边的一簇灌木里传了出来。方才的

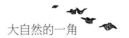

那再柔和、再动听不过的鸣叫声就是它发出来的

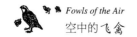
那只鹌鹑正站在那儿，看着听着。于是我又唤了一声。这下，它径直向我跑了过来，同时，别的鹌鹑也从各个方向出现了。一时之间，竟有十几只鹌鹑在围栏后面跑了起来，发出暗流似的轻柔汩汩声，为着我这双渴望聆听它们叫声的耳朵而备感喜悦。

城市、花园、猛兽般的陌生人——在这一刻全都消失了，我又成了那个在野地里撒欢的小男孩。在落日洒下的余晖中，新英格兰那崎岖不平的山坡变得柔和而美丽；在璀璨的秋季里，山谷分外富饶。流经牧场的小溪一路欢唱着奔涌入河；知更鸟在猩红的枫树上唱歌；让人兴奋的低叫声和踩着树叶的欢迎脚步声在四下响起，那是鲍勃·怀特小跑着过来迎接它的同胞了。

盲流者翠鸟

　　翠鸟是一种为其他鸟类所排斥的鸟。我认为，其他鸟类之所以都把它视为一种半爬行动物，是因为它飞得低，达不到飞鸟界认可的高度，于是便落到被放任自流的境地。即便苍鹰在对翠鸟发起突袭之前也会犹豫再三，因为它不清楚这种羽毛艳丽的动物是真的危险还是仅仅只是显得古怪而已。我曾见一只巨大的老鹰闪电般地朝一只翠鸟俯冲而下。那只翠鸟咯咯地轻叫着，扑扇着翅膀悬停在它位于岸边的巢洞前面。可到了这劫掠者该把爪子向下抓击的那一瞬间，它忽然失去了勇气，斜振双翅，急转开去，继而冲上高空，歇在一棵枯云杉顶上，专心致志地盯着猎物。不一会儿，从巢洞里，孵蛋的雌翠鸟把它的黑喙伸了出来，来接它的配偶给它带回的鱼。送完鱼的雄翠鸟飞到了有鲦鱼的水域上方的瞭望点上。老鹰只得转而把爪子伸向了河口处的一窝小麻鸭身

上，让它们在野外的水域里学到了第一课。

其他的鸟类看不上翠鸟，其实也没什么奇怪的。它的脑袋实在是大得可笑，爪子又小得可怜。在空中飞翔时，它可以是一首赏心悦目的诗；但只要偶尔下一回地，它走起路来就像蜥蜴爬似的，要不然就像鸭子一样摇摇摆摆的。它的嘴巴大得可以装下一整条鲦鱼，舌头却又小得让它连声音都发不出，只能发出一种"咳嗽""咳嗽"的怪叫声，听起来就像更夫手里的摇响器。它从不筑巢，在河岸上凿个洞就住进去，邋里邋遢地在里面一待就是半天；可在剩下的半天里，它又会以洁净而美丽的面目出现。它披着一身色彩明亮的羽衣，脚不沾地，要么出现在上方碧蓝的天际，要么就出现在下方浸润了一池色彩的水里。就算它一次次地扎进水里倏忽不见，可一滴水也不会沾到身上。它那咔嗒咔嗒的叫声刺耳得很；可是，当它扎进水里时，色彩飞闪，银色的水花激荡，水面被击打而叮当有声，此情此景却又堪称是荒野里最富有韵律的一幕。

在捕鱼的技巧方面，它是无可匹敌的。它生了一双死鱼般的眼睛，看起来毫无感情，却能无比锐利地扫过整片水域；它发动突袭时的那股果决和闪电般的速度，连鱼鹰也自愧弗如。

在这些矛盾的特性之外，它孤独、神秘而不易靠近。它没有青春期，没有消遣方式，除了进食以外没有什么乐子；它不与任何动物打交道，连自己的同类也不例外；捉到鱼后，它会把鱼的脑袋往树枝上猛撞直至死亡，然后把头朝后歪着站着，将它的猎物吞咽下去，与此同时，它的喉咙深处会发出轻轻的咔嗒声。你看着这番场景，一丝怀疑爬上心头，感觉其他的鸟排挤它也没什么错；它身上残留的爬行动物的痕迹太重，把它列为飞禽似乎并不妥当。

正是这种神秘的、鸟与爬虫类杂糅的特性，使得翠鸟成为所有未开化的民族文化中带着些许迷信意味的东西。关于它的传说多不胜数：它带有羽冠的头被野蛮部落视为最好的护身符或物神；即便是在文明社会，人们有时也会把它风干了的尸体挂在杆子上，希望它的喙能指明下一阵风吹来的方向。

但是，翠鸟也有它的另一面，只不过世人对其知之甚少而已。有一次，在非常偶然的情况下，我在荒野里为它欢呼叫好了一番。那会儿是傍晚时分，翠鸟已经捕过鱼了，我把独木舟停在一处长满了草的地方，坐在上面观察接下来会发生的事。河的那一头是一道土堤，在靠近堤顶的地方有一个黑黢黢的洞，有一对翠鸟正在那里为它们自己凿一条长长的隧道。"那儿连个立足的地方都没有，为什么要选在那里开始凿洞呢？"我漫不经心地想着，"像那样门户大开的话，水貂和黄鼠狼都能钻进去，它们怎么孵化幼鸟？"在荒野的小径上，你总是会生出许多没有答案的疑问，这就是其中又新添的两个。

岸边传来的一阵动静打断了我的思绪，一只寻找猎物的水貂的颀长而柔软的身影飞快地掠到了溪流上游。它在洞口下面停了下来，用前爪抵在岸上，把身体支棱了起来，脑袋左右扭动，紧张地嗅探着。"这儿有好东西。"它心里寻思着，然后便开始往上爬去。但是那土堤很是陡峭，土质又软，它滑下来好几次，两只后脚也攀不上去。于是，它又到下游寻了一个有树根的地方，总算能有个落脚的地方了。它轻巧地爬上去，来到被隐蔽的树根盖

095

满了整片土堤的堤檐下。它小心翼翼地爬过去，终于嗅到了那巢穴的气味。它滑了下去，两只前爪终于都碰到了洞口。由于已是饥肠辘辘，它对着翠鸟的窝里散发出的那股恶臭的鱼腥味嗅了好一会儿，又敏锐地看了看四周，确定老鸟们尚未归来后，便像影子一般钻进去不见了。

"里面至少得有一窝小翠鸟。"我把望远镜对准了那个洞穴，心里想着。但是还没等这个想法成形呢，就只听从土堤里传出愤怒而响亮的咔嗒声。水貂从里面射了出来，一道红色从它棕色的脸前面闪了过去。原来是翠鸟跟着冲了出来。它发出如暴风骤雨般的咒骂似的咔嗒声，不仅如此，还一个劲儿猛地啄水貂的尾巴。水貂这次可失算了，老母鸟正在家里等着它呢。方才它在隧道的里端刚一露面，母鸟就用它强有力的喙对准了它那不怀好意的眼睛。水貂原本满心期望着能找到一窝雏鸟，这下全落了空。它慌不择路地朝着土堤下冲去，母鸟跟在它身后俯冲追击，发出咔嗒咔嗒的警报声。它的配偶在转瞬之间便应声而到。水貂潜进了水里，但企图这样逃之夭夭根本是妄想：它头顶上方的那敏锐的眼睛早已牢牢地盯上了它的逃跑路线。在二十英尺开外，水貂刚露出水面，已经在它头顶盘旋的两只翠鸟便像铅锤一样直朝它的脑袋俯冲下来。就这样，它们把它赶到了溪流下游，直到看不见了为止。

多年以后，我有幸目睹一对翠鸟刚刚开始凿隧道的过程，直到那时，关于翠鸟巢穴的第二个疑问才终于有了答案。毫无疑问，但凡是观察过这种鸟的人，都会注意到它为了监视下方的鲦鱼而在快速飞行的途中长久地保持平衡的高超本领。同样地，

就这样，它们把它赶到了溪流下游，直到看不见了为止

它们也会利用这种能力在陡峭到无法立足的堤岸上创建自己的巢穴。

　　在观察上面提到的这对翠鸟时，我发现它们会先后来到选好的地方徘徊一会儿，这就跟蜂鸟在一头扎进喇叭花之前会保持片刻不动，以确保在它进去之前没被盯梢是一样的。然后，翠鸟会快速地将喙凿进堤体里。扬起的阵阵土屑不断地落到下方的河流里。只需要很短的时间，它们便能凿出一个落脚处，然后再接再厉，继续凿出一个能让它们进入并消失在里面的洞。

　　翠鸟的隧道很狭窄，连让它转身的余地都没有。用笔直而强壮的喙让堤土松动后，它的小爪子会把落土扔到身后去。而我在外面能见的只是一阵尘土，偶尔还有翠鸟那乍现的尾巴。只要等上一会儿，就又会出现另一阵尘土。如此反复，直到隧道被挖深至大约两英尺为止。到那时，它们会按翠鸟的积习在里面转个身，然后用自己的喙把大部分土屑运到外面来。一只翠鸟工作的时候，另外一只会在旁边望风，或是在鲦鱼池里捕鱼。在整个观察期间，它们所有的事都有条不紊地进行着。

　　这种鸟身上有个奇怪的现象，是你在荒野中的任何一条河上都有可能观察得到的，那就是每一对翠鸟都拥有一片专属的水域，在这片水域上，它们享有毋庸置疑的统治权。一条溪流上可能会出现十几对鸟；可是，据我观察，每对翠鸟夫妻都有一条特定的水道，其他任何翠鸟都不得在其中捕鱼。它们可以自由地在上下游之间来去，却从来不会在鲦鱼池上稍作停留；假使它们在鱼池附近觊觎鬼祟而被抓了个现行的话，那么身为合法主人的那对翠鸟就会立刻将它们驱逐开去。

湖岸上的规矩也是一样的。这到底是翠鸟们之间的某种潜在的默契，还是地盘划分的规则在起作用，抑或是先发现者或先到者先得的权利（这种可能性更大）使然，就无从而知了。

我关于有鲦鱼的溪流是怎么划分的这个疑问还没解决一半呢，新的发现又来了，这次是完全出乎意料的。尽管翠鸟看起来有一半爬行动物的特质，也分外强调对河岸的所有权，可它也是会交朋友的——尽管它在荒野里是这么个喜怒无常、受尽冷眼的流浪汉。当然，这些话是有根有据的。

仲夏的一天，我独自划着独木舟在外面寻找潜鸟的窝，却被一头雄驯鹿留下的新鲜足印吸引着来到了岸边。驯鹿的足印从水里出来后，笔直地通向一片宽阔的桤木林。在这片树林后面的山腰上，我期望着能找到那头在夜晚来临之前闲晃度日的大野兽，然后好好观察，看看它孤身时是如何度过的。

正当我朝着岸边划过去时，一只翠鸟咔嗒有声地迅速飞过了湾口，那里正是潜鸟给它的两个蛋找的一处藏匿地。我望着它，欣赏着它飞翔时掠起的片片涟漪，就像奔跑的猫爪一样拂过沉睡的湖面；还有它冠羽上那一抹鲜艳的蓝色，与夏日更为湛蓝的天空相映成趣。它下方的倒影也跟着在粼粼波光中一路前行，就像一条漂亮的金鱼在玻璃般的水里穿梭。它在我的独木舟对面停了下来，在半空中悬停了片刻。这时，它盯上了被我的桨惊扰了的一群鲦鱼，率先把喙扎了下去——嗖啦！这个动作带起了一阵银铃般的脆响，仿佛水下碧绿的水草间藏了一只铃铛，只有这来自空中的精灵能使它鸣响。在一阵水花中，有彩虹昙花一现。涟漪向内聚集在一起，在翠鸟下水的地方跳起了舞；忽而，它们又

猛地四散开来，那是因为翠鸟抓着鱼从它们之间冲了上来。随即，它朝着来时歇脚的树桩掠着水面飞了回去，一路咯咯地叫个不停。它把鱼狠狠地摔在木桩上，然后把头朝后仰了起来。从望远镜中，我能看见一条鲦鱼的尾巴朝着那条对它而言没有回头的路慢慢地动了几下。看到这一幕后，我便转而又去追踪那头驯鹿去了。

这时，我听见身后传来翠鸟从桤木林上方飞过来的声音，发出如同着了魔般的咔嗒咔嗒声：咳嘞，咳嘞，咳嘞咳咳咳！就在此时，前方传来了沉重的入水声和水花声；与此同时，从山坡上传来了某种大型动物迅速奔跑的声音。而那只翠鸟就悬停在我头顶上，先是俯视着我，然后又向前面那头未知的野兽望过去，直到那横冲直撞的动静在一阵遥远而微弱的沙沙声中消失了为止。这时，那只翠鸟才又掠着水面飞回了捕鱼的树桩，发出毫无节制的咔嗒声和咯咯声。

我小心翼翼地朝前走着，没多久就来到了位于岩石下的一片美丽水域，山腰在那里微微地朝着桤木林的方向倾斜。看到满地的动物足印和四周的环境，我立刻就明白过来，我竟然误打误撞，来到了一头黑熊洗澡的水塘。此时，水面还没有平静下来，仍旧浑浊一片；地上的足印很大，相隔不小的间距，而且全都湿答答地开了裂，向着山腰而去；片片苔藓饱受蹂躏，灌木丛里随处可见闪亮的水滴。"毫无疑问，"我心里想，"黑熊在水塘里睡了一觉，然后被翠鸟给吵醒了——可为什么呢？难道翠鸟是故意这么干的吗？"

这时，我忽然想起了记录在旧笔记本上的一条内容：7月26

日，甜面包湖——中午试着追踪一头熊。运气不佳。它正沿着河岸嗅探，我本来有个极好的机会；但有只翠鸟让它受了惊。"我开始疑惑起来。黑熊对荒野里所有的动静都了如指掌，而翠鸟的咯咯叫声不过是荒野的水域上最寻常不过的一种声音。为什么黑熊会受到它的惊吓呢？有可能这是翠鸟的警报声，在它的朋友有需要的时候才会发出；这就像是危险来临时，海鸥会费尽心机地警醒打瞌睡的野鸭群一样。

对于这个以在溪流里捕鱼为生的神秘而聒噪的可疑分子，这是我从它身上发掘出来的和人性相通的新特质。我下定决心，要把更多观察的目光投到它身上。

在我所处位置上方的某处，在夏日荒野里植物蔓生的丛林里，黑熊一定正站在那里，审视着身后留下的足迹。它的眼睛、耳朵和鼻子，都在警觉地工作着，想找出是谁这样胆大包天，竟使得它在中午洗澡时候吓得落荒而逃。谁要是在这种时候现身让它受惊，那就是蠢到家了；何况，我手边什么武器也没带——"明天，差不多就这个时候，我再回来；那时候你就得小心了，大黑熊。"我一边想着，一边在这个地方做了个记号，然后便悄悄地走开，回到我的独木舟里去了。

第二天，我又回到这个地方。当我在为了不发出任何声音而沿着桤木林的上缘缓缓地行船时，却发现河水清澈而安静，似乎除了藏在泡沫下的小鲦鱼吐出的气泡外，再没有什么打扰水面的平静了。翠鸟一如既往地在低洼的水湾四周咔嗒地叫着。尽管我做了预防措施，它还是看到我进了桤木林；但对于我的存在，它并没有怎么在意，照旧捕着它的鱼，似乎已经很清楚地知道黑熊

已经遗弃了这个用来洗澡的水塘。

等我再次来到这片美丽的湖边扎营时，已经是将近一个月以后了。夏天已经过去了，它所有的热度和更为香气馥郁的美景仍在森林和河流里流连；但空气中那种懒洋洋的倦怠已经没了踪迹，开始弥漫着薄雾。随处可见的桦树和枫树在静静的河岸上招摇着它们在秋日的绚烂色彩。傍晚的空中开始嘶嘶作响，在沉静的暮色中，湖泊上面笼罩了一层白色的浓雾。进入到这短暂的适宜运动而食物充沛的时期，鸟兽们的生活也发生了猝不及防的变化。

我正在一个芦苇丛生的水湾（就是那只耍诈而让我与我所追踪的熊失之交臂的翠鸟居住的那个水湾，此前，它还吃了我的桨给它翻起来的一条鲦鱼呢）里漂流，用一把小型步枪打青蛙，好给餐桌加个菜。我想着，与我家乡那里的树林相比，这里的情形多不一样啊。在那边，猎物们早已是风声鹤唳：枪响声让每只还活着的动物都只能偷偷摸摸地活着。而在这里，我的小步枪发出的砰砰声，还不如鱼鹰入水的动静或负重过度的榆树枝发出的吱呀声更能引起注意。十几只肥胖的丘鹬在那片缠作一团的桤木林漫不经心地躺着。经过它们一夜的啄食后，林地上已经孔洞累累，仿佛筛子一般。看到我出现，一群鹧鸪在光秃秃的山腰上"奎特""奎特"地叫了起来，然后便跳到了树上，伸长了脖子探看我是哪路神仙。黑鸭子则闻声躲进了芦苇丛里。虽然它们现在完全长大了，翅膀强壮而有力，但是幼年时那种听到异响就躲藏起来的习惯还是没有改变。它们会掠过莎草丛和沼泽，横七竖八地蜷缩作一堆；直等到我的独木舟几乎撞到它们身上，才能听见一阵窸窸窣窣的动静和惊恐的"哈咳——啊咳"的叫声。它们会蹿到空中，远远地飞到河边。毛色已经由棕转黑的水貂放弃了掠夺鸟巢的习性，老老实实地捕起猎来，即便遭遇圈套或陷阱也毫不气馁；在上游的水湾里，一片青铜和金黄交织的沼泽地里，隆起了一座座盖满了草的拱顶，那是麝鼠正在搭建自己又厚又高的窝，好抵御严冬的寒冷和春天的洪水。说真的，能来到这里，短暂地参与到这些害羞而尚未遭受人类荼毒的丛林野生动物的生活里，真的挺不错的。

这时，一只大牛蛙在莲叶中露出头来。我的小步枪可不会去考虑它活得有多么快乐，多么无忧无虑，缓缓地抬了起来，瞄准了它所在的位置。忽然，从岸边的桤木林里传来了一阵动静，我的目光便循着望了过去。这一分神，牛蛙便免了一死，又能在田田的莲叶间多捕一季的鲦鱼了，只不过它那糊涂的脑袋没法理解这一切罢了。与此同时，一只翠鸟咔嗒咔嗒地叫着从旁边飞过，回到了它鲦鱼池上方的栖木上。桤木林像受到撞击一样，又开始摇晃起来；只见一头黑熊慢慢腾腾地从林子里走到了岸边，还冲着几根把它耳朵扎疼了的细树枝发出不悦的呜呜声。

我把身体矮进独木舟，只露出脑袋和肩膀。在离我不到两百码远的地方，黑熊沿着河岸不停地嗅探，如果碰到某些特定的东西——一条死鱼或一只贻贝——只要是能让它生出食欲的，就会停下来祭自己的五脏庙。我先是伸手够到了我的重型步枪，接着又摸到了桨，小心翼翼地朝岸边"推"着独木舟，直到找到一截能遮掩我的行踪的老树桩，小舟才像活过来一般朝前疾划过去。可我刚开始划桨，就见一只翠鸟振动着翅膀从我的头顶飞了过去。

"咳嘞""咳嘞！"它的叫声带着警醒，透着紧急和危险的意味。然后，我瞥见黑熊像被弹弓打中一样冲进了桤木林里；而翠鸟呢，它发出嘹亮的叫声，围着独木舟在天上转着圈子，随后又在那截老树桩上站定了，摇晃着尾巴，咔嗒咔嗒地叫着，显得异常激动。

我蹑手蹑脚地下了船，走进湖里，在这里可以观察桤木林里的动静。有十分钟的时间，林子里面都毫无动静；但我知道黑熊一定在那里嗅探，倾听着周围的声音。这时，好像有条大蛇从灌木丛里穿了过去，尽管没听到声音；但在它爬行时，灌木丛顶会轻微颤动，呈现波浪线的样子。

在下游的岸上有一条地势稍高的小路。路上有一棵倒下的大树，站在上面能看到半个湖的景象。几天前，我就曾站在那里进行过观察，想确定麻鸭在湖面来来往往时的飞行路径——因为就像狐狸一样，鸟类都有自己的跑道，更准确地说，是"飞"道。黑熊显然知道这个地方。根据桤木林里的动静判断，它是径直奔着那个地方而去了。它是去探看湖上的动静了，也是为了弄清那警报声是怎么回事。可现在，它还不知道自己受到了什么样的危险威胁；尽管它也像所有野生动物一样，听到预示着危险的刺耳鸟叫声就会立刻服从。在森林里，上至黑熊，下至小林姬鼠，所有动物都汲取过一个教训：在发生这种事的情况下，一定要先赶紧隐蔽起来，事后再调查不迟。

　　我迅速地划着桨赶到那里，上了岸，蹑手蹑脚地爬到一个大岩石上，从上面能看到那棵倒下的树。黑熊出来了。"这次终于等到我的黑熊了。"我暗想。这时，传来树枝的轻微断裂声。翠鸟掠进树林里，在灌木丛盘旋——咳嗽，走开！咳嗽，走开！然后就只听到沉重而急促的奔走声，那是受了惊的黑熊通常会发出的动静。此时，那只翠鸟重又朝后掠回到了它的栖木上；我只得摸回了岸边。为了让下次的追踪胜算更大，我几乎生出了除掉这个从中作梗的家伙的念头。"你这个坏心眼的大嘴巴！成天咔嗒咔嗒叫的多事鬼！"我咕哝着，把步枪的准星对准了那只翠鸟蓝色的背影。"这是你第三次坏我的好事了，你再也没有下次机会了——不过，再细想想，在这个地方，究竟谁才是多事鬼呢？"

　　我不禁慢慢松开了扣在扳机上弯曲的手指。一只潜鸟恰从这里漂了过去，对危险毫无察觉，只留下一串泛着涟漪的尾迹，让投射在深蓝色湖面上的银色倒影熠熠闪光。一只老鹰正在高空翱翔，乘着微风划着大圈，俯瞰着它辽阔的领地，对擅入其中的人类毫不在意。稍近处，一只红松鼠站在高大的云杉树上，朝下吱吱叫着宣泄它的不满。在我左边的下游处，能听得一阵响亮的水花声和无拘无束的嘎嘎声，那是一群黑鸭子在那里下水，正如它们过去几代下水时一样，从没被谁打扰过。在我身后，一串拖长了的叫声响彻了整片森林——那是一只小公鹧鸪，受了这温暖太阳的蒙蔽，正发出春天求偶的叫唤。作为回应，从山坡那端传来了一头雌驼鹿的呼喊，够令人吃惊的。一只花栗鼠正在阳光下昏

昏欲睡地堆积着食物，而与此同时，一窝小林鼠正在我脚边的草丛里呼唤着它们的妈妈。每响起一种野性的声音，荒野的那种广袤而奇异的宁静只会变得更为深沉。

"说到底，在这片祥和安宁的深处，有什么地方会被枪弹的轰鸣和硫黄粉末的气味滋扰？"我感到有些悲哀。仿佛是对我的回应一般，那只翠鸟一头扎入水里，水花四溅，如音似乐；然后，它又掠着水面飞回到它的瞭望点上——"继续咔嗒地叫，继续捕你的鱼吧。'旷野和干旱之地，必然欢喜'①，如果没有你，鳟鱼塘也会感到寂寞吧。但我还是想叫你知道，在片刻之前，你的性命就掌握在我手指的弯曲之间呢。而且，除了黑熊，还有人敬慕你鸣叫示警的勇气。"

然后，我又回到了那里测量足迹，以此估量那只黑熊的个头。

---

① 旷野和干旱之地，必然欢喜：出自《圣经·以塞亚书》，原文为："旷野和干旱之地必然欢喜，沙漠也必快乐，又像玫瑰开花。必开花繁盛，乐上加乐，而且欢呼。"意思是"旷野、旱地和沙漠"一样有心灵，蒙了恩惠之后就会苏醒而欢喜。

我聊以自慰地想着：要不是受到了这些干扰，我肯定能跟上它——这是自以扫①以来所有猎人的逻辑。

几天之后，我才又有机会来回报翠鸟。湖面仍是温暖的；没有风暴，也没有冰霜，因而湖水尚未变凉。大鳟鱼虽然已经从深水处游了上来，可还没活跃到会去吞食我飞蝇竿上的诱饵的地步；垂涎鳟鱼滋味的我便开始用鲦鱼作饵来钓鱼。待到钓上来两条肥美的鳟鱼后，便由西蒙斯划着桨，沿着湾口慢慢地转悠起来。忽然，岸上的一阵可疑的动静吸引了我的注意力。为了更便于使用望远镜，我把钓鱼线交给了西蒙斯，自己则开始仔细地观察起桤木林来。这时，这个印第安人惊奇地喊了起来。"哦，我的老天，快看！这是我第二次钓到翠鸟！"果然，在湖面上方二十英尺的地方，一只小翠鸟——长着翠鸟特有的那种乱糟糟的冠羽和充满野性的眼睛的一只雏鸟——正在我的钓鱼线的尾端狂乱地转圈。它在离船尾一百英尺开外就看到了被拖拽的鲦鱼。应当是饿得丧失了判断力，它竟然从上空立刻朝鱼饵发动了突袭。感受到拖拽力的西蒙斯发现它身后空无一物，便当机立断地采取了行动，把鱼钩收了回来。

我抓住了线，轻轻地往回拉。小翠鸟极为不情愿地上来了，用咔嗒咔嗒的叫声喋喋不休地抗议着。很快，雄翠鸟和它的配偶，连同这小俘虏的三两弟兄们，便被这叫声吸引了来，并尖叫着围着独木舟狂乱地转了起来。它们毫不怯懦，一次又一次地对着钓

———
① 以扫：《圣经·创世纪》中的伟大猎手。

鱼线俯冲下来，甚至连拉着钓鱼线的人也不放过。没过一会儿，我就已经把小翠鸟拽到了手里，解开了鱼钩。它一点儿也没受伤，就是被吓坏了；于是，我把它放在手里捧了一会儿。听到被俘的翠鸟发出的惊恐鸣叫，其他的翠鸟们都显得激动不已，围着独木舟不停地转着圈子，这倒让我乐在其中。值得一提的是，除了它们之外，再没有别的鸟理会这种叫声或靠近我们。哪怕遭遇困境，它们也拒绝承认翠鸟这种盲流成员。趁着雄翠鸟就在我头顶上震颤着翅膀悬停着的时候，我把手中的俘虏往上抛到了它的身边。"翠鸟，带走你的小笨蛋，多教它点东西吧。下次，如果你见我跟在黑熊后头，还请你继续捕你的鱼。"

可是，在一片随着翠鸟们朝着河湾上方而去的嘈杂声中，并没见着任何感激的表示。当我再次见到它们的时候，一共有五只，并排歇在一截枯枝上头。一见到我，全都立刻咔嗒咔嗒地叫了起来，连就在它们下方嬉戏的鲦鱼群都毫不理会。它们是在用自己的方式告知彼此关于那件事的一切，我对此深信不疑。

一只鸟的变通

在鸟类中，有一种鸟的外观一直在快速变化着。它以自己当前的生活状态向所有自然主义者诠释了一种在历史上著名的进程，那就是由环境的变化而导致的形态的更改。这种鸟就是金翼啄木鸟。在北部的所有鸟中，它的斑纹也许是最漂亮的，它的习性和才艺跟人们对它的称呼一样多种多样。

大自然原本是想让它跟其他啄木鸟一样，靠着在老树和树桩上钻孔、食用生活在腐木中的昆虫为生。为此，它赋予了它专为凿木而特意设计的笔直而尖锐的楔形喙；它那长长的舌头上生了像号角般的舌尖，便于伸进由它凿开的洞里；脚趾也长

得很奇特，两趾往前，两趾往后；那坚硬而呈尖刺状的尾羽能支撑着它站在树干上工作。但是，大自然安排的这种谋生方式意味着艰辛的工作，而它给自己开辟了一条简单得多的路。人们时常能看见它出现在老牧场或果园的地面上，撵在这种地方多见的蟋蟀和蚱蜢身后笨拙地挪腾着（因为它那双小脚本就不适合走路）。即便如此，对它而言，这种抓捕工作仍比在干枯的老树上凿洞要简单得多，而且抓到的昆虫个头更大，更令它感到满意。

只消一眼，就能发现这种新的生活方式让它和其他啄木鸟之间产生了多大的差异。它的喙再也不是笔直的了，而是像画眉一样有了明显的弧度；喙的边缘不再呈凿形，而是生出了一个圆点。啄木鸟家族所特有的头顶上的那簇红色羽毛对于在地面上生活的

它来说太引人注目了。我们会发现那里生出了新月状的红色羽毛，往下挪到了脖子上，被一圈灰色的短羽半遮着。舌头的尖端的角状不那么明显了，尾羽上那些坚硬的尖钉开始长出薄膜，让它们更接近其他种类的鸟。后人一

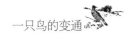

定会觉得奇怪：这种特殊的画眉鸟为什么会长着这么奇怪的舌头和尾巴，就像如今的我们对布谷鸟畸形的小脚和古怪的生活习性充满了疑惑一样。

这种鸟的生活习性是过去的森林生活和如今偏爱的田野和农场生活相互妥协的奇特结果。有时候，它的巢会出现在森林的最深处，它在其间飞进飞出，如同筑巢时的乌鸦一样安静。它的摄食区域可能是半英里开外的一片老旧牧场。它在那里高声鸣叫，四处嬉戏，仿佛对这世界不以为意，也无所畏惧。但现在，更多的时候，它的巢会出现在野生的果园里。它会挑选一棵树的节孔，往柔软的树干深处凿挖，不必费多大劲就能筑出一个深巢来。假如没有合适的节孔，它便会找一根腐朽的树枝，钻透它那坚硬的外层，然后在内层的软木里挖出一码来深，也能当个安乐窝用。住在这样的巢里一点儿雨也淋不着，因为它很有先见之明，把出口凿在了树干靠下的位置上。

像许多其他鸟类一样，它也意识到了农民是它的朋友。因此，有时候，它甚至懒得把巢筑得很深，只是简单地找一个老节孔挖空，然后倚靠人类的存在来保护自己免受老鹰和猫头鹰的侵害。在这种情况下，鸟类很快就会认识到哪些东西是属于果园的，而它们身上常见的那种标志性的极度羞怯也会随之消失。

有个农民知道我对鸟类很有兴趣，于是请我去他那里观看一只金翼啄木鸟。那家伙颇为自信地筑了个巢，但巢浅得让人能从外面看见它像只知更鸟一样坐在蛋上的样子。当我们翻墙而过，出现在鸟巢的视线范围内时，它立刻溜了出来，钻进了果园里。

为了试探它的反应，我们撤了回来，一直等到它去而复返。当农民从离它几码之外的地方经过时，它安然不动，没有显出一丝不安；十分钟后，我跟了过去，情况就不同了：我还没翻过墙去，它就已经飞走了。

金翼啄木鸟的鸣音——比其他啄木鸟要多变和悦耳得多——可能是它新的自由生活、进化了的舌和喙共同作用的结果。在森林里，除了连续敲击老松树的树桩发出的咔嗒声外，很少能听到它发出别的什么声音。通常来说，它这么做并不是为了找到昆虫，更多的只是为了制造出那种噪音，同时锻炼自己的技能；只有在冬季里，它才会把自己的旧习重新捡起来。与此相对地，当身处野地时，它发出的鸣叫是丰富多变的。有时候是嘹亮的"呵噫——唷呵"，很像是冠蓝鸦的叫声，只不过被分成了两个音节，重音落在后面的音节上。有时候是一种欢快的哨音，由紧凑的短音符构成，每隔一个音符就出现一次重音。还有时候，当它在栅栏末端上下摇晃时，会发出一种快活的"咿咕""咿咕"的叫声，跟任何鸟叫声都不太像，听起来更像是一种笑声。

随着文明的推进，这种鸟还培养出了另一种奇特的习性。它不会向南迁徙，而是会给自己寻到一处有所掩蔽的、能躲避暴风雨和冬季严寒的地方用来睡觉。深秋时分，它会找到一处被荒弃的建筑，怯生生地探察一番并确信里面空无一人后，便会在侧边凿出一个洞来，这样一来，它就有了个能睡安稳觉的地方。同时，建筑里还有大量腐朽的木头，在暴风雨的日子里，它可以在里面找虫子吃。冰库是它最喜欢的地方，温暖的锯屑能用来打造适宜筑巢的洞穴或卧室。一旦某个建筑被选为避寒佳处，这种鸟会巧

妙地把屋檐下啄出一个通往巢穴的入口，因为那里能遮风避雨，同时还能躲开所有窥探的目光。

在严冬时分，一栋建筑里经常会住进好几只金翼啄木鸟。就我所知，去年，在一处废弃的谷仓里就一共住了五只这种鸟，它们相处得极为融洽。在一天之中的几乎任何时段，只要有人小心翼翼地靠近并使劲捶打谷仓的侧面，它们中的几只就会惊慌失措地冲出来，从不停下来回头看。起初，那儿一共就三个通往鸟巢的入口；但自从受了我几次惊吓后，入口的数目又先后增加了两个，这样，当它们全在里面的时候就能更快地飞出来。

关于住在这旧谷仓里的一家子，有两件事让我好奇不已——它们白天都在忙些什么，在受到惊吓时又是如何迅速撤离的。它们能在转瞬之间冲出来，唯一可能的解释就是它们是笔直地飞出来的。但那洞口都太小了，在所有鸟中，只有崖沙燕会做这样的尝试。

有一天，我把几只鸟都赶了出去，自己则从对面的窗台下爬

了进去，在阁楼的一角躲了起来。在这个闷热的破地方枯等了许久，终于有只鸟回来了。我听见它先是落在了屋顶上，然后，它那小小的脑袋出现在其中的一个洞里：此时它正在入口的下方抵着谷仓的侧壁栖着，又看又听，一点儿也没急着钻进来。一两分钟以后，终于笃定里面空无一人了，它才爬了进来，向下飞到一个满是陈年干草和垃圾的角落，在那儿来回扑腾着，弄得窸窣作响，活像是秋叶间奔忙的松鼠。尽管光线昏暗，没法看清它究竟在干什么，但我觉得它可能是在捕捉昆虫。有时候，从它那儿又会传来像母鸡扒拉干草时的那种动静。如果真是这样，有它那两个总是蜷曲着碍事儿的后趾，它的那两个小小的前趾一定会把那地方弄得一团糟。这时，我对着一块木板猛地敲了起来，它听到后，立刻朝着其中的一个洞口疾飞而去，落在了洞口正下方。我能清楚地听见猛地落下时它的小脚发出的砰砰声。它一刻也没有停歇，在尾巴弹力的帮助下，猛地冲到了外面，很像是跳娃娃玩偶越过它手杖的动作，只不过速度要快得多。它刚一出去，另一只鸟就又出现了，于是片刻之前的戏码又重新上演了一遍。

尽管比农场里的其他鸟都怕生得多，金翼啄木鸟却经常趁着清晨时分无人走动的时候冒险接近人类的宅屋。某个春日的早晨，我被一阵奇怪的小小脚步声吵醒。睁开眼睛后，我吃惊地发现开着的窗户的窗框上站着一只金翼啄木鸟，离我的手还不到五码远。我把眼睛半闭了起来，一动不动地留心观察着。原来，在它前面的五斗橱上有一只金翼啄木鸟的标本，舒展着翅膀和尾巴，展示着漂亮的羽毛。它是从这里飞过时瞧见标本的。此

它发现了那只蓄势朝它猛扑过来的大鹰

Fowls of the Air
空中的飞禽

时，它正站在窗框上跳来跳去，想进来，却又拿不定主意。有时候，它展开翅膀，似乎马上就要飞进来了，但接着它又会扭过头来，好奇地瞧瞧我，又打量打量周围陌生的环境。由于它不敢涉险闯入，所以只好想方设法地吸引那只鸟标本的注意力，可惜标本的头是朝向另一边的。此外，它还在一面镜子里看见了自己被重复的动作。有两次，它开始唱起轻柔的爱情小调来，但很快又受惊了般地戛然而止。小房间的回音效果让它的叫声听起来跟在野地里的大相径庭，我想，它应该是对自己的声音产生了怀疑。

几乎在它的头顶上方，有一只大鹰的标本被固定在墙上的一个支架上。这只鹰站在栖木上，身子向前倾，双翅舒展，凶猛的眼睛俯瞰着下方，显现的是老鹰向猎物发动俯冲时的那种充满张力的情态。此时，金翼啄木鸟已经准备好冒险进屋了。它展开翅膀，探身向前，向下看了看我，似乎已经认定了我是无害的。这时，它转过头去，准备最后打量一次四周，却发现了蓄势朝它猛扑过来的大鹰。随着一声饱受惊吓的"呵噎——唷呵"，它从窗框上结结实实地摔了下去，而我只瞥见了一眼它在墙角处横冲直撞、竭力想要逃跑的样子。

我忍不住想，当它站在老苹果树的树枝上回想整件事的时候，心中到底作何感想？鸟儿们之间也有口口相传的传奇故事吗？比起别的鸟所经历的冒险，它所见到的一切要精彩不知多少倍啊！当它们唱着自己的爱情小调时，会不会也能通过某种方式讲述这段冒险经历？它要讲的这个故事多么奇妙啊，那可是一个真实的故事，讲的是一个各种奇迹层出不穷的神奇地方：那儿有一块闪闪发光的空气，它能在里面瞧见自己；那儿还有一个巨人，全身都是白的，它只看见了他的脑袋；有一个夺魂摄魄的美人儿，舒展着翅膀，默默地祈祷有哪位勇敢的骑士来碰碰它，为它解除魔咒；而在那儿的高处，还有一只警觉而凶猛的龙鹰，随时准备吃掉任何胆敢闯进来的家伙！

当然，没有哪只鸟会相信它。它余生的所有事件都会花费在对这故事的解释上，而其他的鸟只会吱吱叫两声，管它叫吹牛大王、啄木鸟中的谎话精。说来说去，对于一只有过如此非凡体验的鸟儿来说，它还是对此闭口不提的好。

麻　鸭

麻鸭（字面意思为贝鸭）是这种鸭子广为人知的名号。这名字可能是只见过在冬天里被饥饿驱使着吃贻贝的它的猎人们给取的。偶尔也被叫作"鱼鸭"，这名字倒是更恰当。即使没见过它在消夏的河流湖泊上捕鱼的样子，它那细长的喙以及相互咬合的锯齿状边缘，就像捕熊器上的齿一样，专为捕捉和禁锢挣扎的鱼而生，完全足以证明它的食性。

顺便提一下，这个喙有时也能带来危险。有一次，在海岸上，我发现在附近高高的芦苇丛里，一只麻鸭正在徒劳地尝试逆风飞翔，结果却只是被风在芦苇之间粗暴地抛来抛去。很快，我那只叫唐的老狗就抓住了它。它应当是在饥肠辘辘的时候把自己的喙伸进了扇贝的一对壳之间，但那只扇贝却滑到或向上挣扎到了它鼻子的位置，用它坚硬的壳把麻鸭牢牢地套住了。尽管它不顾一切地尝试了各种方法，但嘴巴还是无法张开到能饮水或吞下一丁点食物的宽度。它身陷这样的窘境一定有好一阵了，因为它的喙已经磨破了一半，身体也变得轻飘飘的。当它想要起飞的时候，却像根大羽毛似的被风吹跑了。

幸运的是，唐是只合格的猎犬，当它把麻鸭带回来时，几乎连它身上的一根羽毛都没有弄皱。我弄碎了束缚住它的东西。在那一瞬间，它猛地飞了起来，终于重获自由，而我也因此感到满足。但是那时的风对它而言仍然太大，它掉回了水里，一路掠着水面朝着海港而下，那样子像极了一个穿着大摆裙和戴着宽边帽子在恶劣的天气里挣扎的女人。与此同时，唐在沙滩上趴了下来，抬着头，竖起耳朵，急切地呜呜叫着，等着我下达捕捉它的指令。但随后它又把头耷拉了下来，深深地吸了口气，试图想清楚一件事：为什么会有人顶着刺骨寒冷的二月天出门，又是长途跋涉，又是划船，把全身搞得湿淋淋的，好容易发现了一只鸟，并且明明抓到了手，却又放它走掉。

麻鸭的生活是双面的。冬季里，人们会在马萨诸塞州的海岸和向南处发现它的踪影。尽管它显得那么快活，实际上却生活得悲惨而潦倒。不管它走到哪里，总有一百支枪对着它轰鸣。从早到晚，它没有一分一秒能吃上一口鱼，或是合上眼皮安安心心地睡一会儿觉。它朝着海洋飞了过去，与伙伴们一起在开阔的浅滩上同眠。但这时却刮起了东风，浅滩也随之变成了碎浪翻滚肆虐

的动荡之地。它被冲得跌跌撞撞，扭伤了自己艳丽的羽毛，弄湿了自己的双翼，精湛的游泳技巧也完全派不上用场。万般无奈之下，它只得转而去寻找溪流和海港。

它的一群同类正在沿着河岸在安静的水域捕食。它毫无戒备地径直走了过去，清晨的阳光漫洒在它洁白的胸口和鲜红的脚上，它稳住自己的身体，进入了水里。但是，砰，砰！枪声又响了起来；哗啦，哗啦！它的同伴倒下了。一个男人带着一条狗从一大堆海草间钻了出来。它逃之夭夭，望着水中那色彩艳丽的倒影，回想起经历的一切，在饥饿的煎熬中忧伤不已。

接着，天气变得越来越冷，它所有的摄食地都被冻住了。它美丽羽毛下的骨骼突了出来，破坏了它那圆润而丰满的身体轮廓。它已经饿得不行了，它留心观察海鸥，看看它们在吃些什么。一旦有所发现，它便忘记了要保持警惕，在海滩上跟在偶遇的贻贝后面四处乱晃。春季的饥饿驱赶着它来到了池塘里，那里有丰沛的食物，可也有咆哮的猎枪，每丛灌木后头都潜伏着猎人。正因为诸如此类的原因，当直觉告诉它北方的溪流已经解冻，而鳟鱼又活跃起来时，它便会马上离开，赶赴那片回想起来更为快乐的土地。

到了夏天，它便忘记了曾经的艰辛。此时，它的生活像草甸上的小溪一样平静。它的家就在荒野之中——可能就在一片荒僻的湖上，湖水在夏日的骄阳下闪闪发亮，在南风的亲吻下泛起无数微笑的涟漪；也可能在流经森林的小河上，河水蜿蜒着流经树木葱茏的群山、碧草如茵的岬角和荒凉的杉树沼泽地。在不为人知的浅水湾，一群小麻鸭正在学习游泳、潜水和躲避，所过之处激起水花无数。鱼鹰从水池中钻出来，聒噪的翠鸟才下了枝头，又上了树桩，喋喋不休，像个闲不住的大忙人；空气里充斥着昆虫的嗡嗡声，低沉而持久，让人昏昏欲睡；一头鹿迈着优雅的步子从岬角上走下来，左顾右盼，仔细聆听，然后开始饮水；一头大麋鹿笨拙地涉水而行，把头埋下来拔扯水里的百合。但小麻鸭们不会在意这些无害的生灵。有时候，午后的时光流逝的当儿，当河岸上的桤木飒飒作响地摇晃时，它们会焦虑不安地把自己的小脑袋转过去；母鸟一声低沉的咯咯叫也会让它们窜进草丛里躲起来。它们消失得多快啊，永远也不会留下丝毫痕迹！但那只不过是一头方才打盹，从山脊走下来寻找死鱼当晚餐的熊而已，于是母鸟再次低叫起来，而它们便忙不迭地从藏身的地方游了回去，发出像是哄笑的声音。

有一次，它们遭到一次真正的突袭，夏日接受的所有训练都在那次受到了考验。那时，先是远远地传来了一个奇怪的声音，随后河湾处驶来了一条独木舟，还夹杂着人的说话声。整群的小麻鸭立刻一起往远处游去，小脚掌快速拨动，以至于它们的身体几乎被抬得脱离了水面，身后的河水像是一艘小蒸汽船留下的尾迹一样泛着泡沫。这种如同海洋生活般的幻觉，曾经听到过的枪响、曾目睹过的倒在枪下的鸟和曾经历过的艰难冬季，这些回忆夹杂在一起，让可怜的鸟妈妈吓得魂飞魄散。它疯狂地围着小麻鸭们鼓动着翅膀，一会儿带领它们前行，一会儿摆出面对怪物的英勇姿态，一会儿推着几个孱弱而无所用心的小家伙往前游，一会儿在独木舟附近转悠，佯装受伤，试图把人的注意力从小家伙们身上转移开。最后，它们绕过了岬角，在桤木下躲了起来。但

独木舟完全没有要追踪它们的意思，只是从它们身边驶了过去，森林里重又安静下来。小麻鸭群回到了浅水处，母鸭在它们身边扑扇着翅膀，一遍又一遍地清点数目，生怕少了一个。翠鸟从它河岸上的洞里飞了出来。小河一如既往地流淌着，和平重新降临。荒野那神秘的魅力和夏日的寂静笼罩了一切。

我坐在大铁杉下，透过我的野外镜望着远在视野之外的鸟儿们，而这就是我所见到的一切。

日子一天天过去，我一直在这所小学堂里跟着旁听，只不过母鸟从没发现过我，对我的存在毫不知情。有时候它们上的是基础启蒙课：才一丁点儿大的毛茸茸的小家伙们得学着怎么躲在睡莲叶子上。即便表现出色的学员，也得不到作为奖品的小鳟鱼，非要藏得让老师（我觉得它有点吹毛求疵了）满意了才行。有时候，学成了的小麻鸭会向我这不请自来的旁观者展示它们的才能。它们会在倏忽之间消失不见，像束光一样扎进水里，撞到潜在水底的小鳟鱼身上，那种速度和胸有成竹的样子几乎能和它们的老师相媲美。看着它们潜水和游泳的样子，真让人感觉神奇。每每这时，母鸟都会在旁边留心观看，嘎嘎叫着对这些小小的毕业生表示赞许。

当小麻鸭们在家里进行这种精心训练的时候，公鸭却远在湖面上跟它那些快活的同伴们在一起享受愉快的时光，把自己身为父亲的职责完全抛在了脑后。有时候，我会发现五六只公鸭组成一群，单独住在渔获丰厚的大湖的一端。整个夏季，它们四处游荡，无忧无虑，像参加夏令营的人一样快活，把喂养和教育后代的任务都留给母鸭。分担家庭职责的公鸭并非没有，但我只见过一次。我连着观察了三天，想知道这只公鸭为何竟具备这种奉献精神；但它到了第三天晚上就消失了，从此再也没出现过。这到底是因为公鸭生性懒怠而躲得远远的，还是因为它们有许多雄性鸟兽都有所体现的杀戮后代的恶习，所以才被雌鸟撵了出来？关于这个问题，至今我都没能找到答案。

公鸭们对盛产鳟鱼的溪流有很强的破坏性。假如参加夏令营的人肯饶它们不死，那一定是看在小麻鸭们，特别是具备奉献精神的母麻鸭的面子上。而假如只是遇见了一只不忠的公鸭，它会立马和其他的美味一道被列入人类的菜单之中。

有时候，你能在水流湍急的河上追上一群麻鸭。这会使得那可怜的鸟儿们紧张万分。只要一见到独木舟，它们就会立刻扑腾着翅膀离开，把河面搅得水花四起。等到它们全都绕到河湾周围看不见了的地方，才会听见那叮咛它们躲藏的咯咯叫声。由于身处陌生水域，有些小麻鸭找起藏身地来显得慢吞吞的，于是便会遭到母鸭的催促。正当它们还在手忙脚乱地找地方时，独木舟却已绕过河湾快速驶了过来。伴随着一声报警的鸣叫，它们再次一起扑腾着离开了，因为即便是最孱弱的小麻鸭也不会遭到母鸭的遗弃。这时，它们又开始绕着河湾寻找起藏身的地方来，但却再次被独木舟给赶上了。就这样，它们一连躲出好几英里，直到遇见一条汇入河道的溪流或滞水湾，才总算有路可逃了。这时，小麻鸭们会像闪电一样躲进陆岸下，随后悄无声息地游到溪流上游。

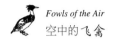
而与此同时，母鸭会在独木舟前方沿河扑扇着翅膀，直到把独木舟引到了它自认为的安全距离外，才会飞起来回到幼鸟的身边。

它们有着非同寻常的忍耐力。某天下午，我们无意中惊扰了一窝在雷斯蒂古什河上的小麻鸭。那会儿我们正在顺流前行，寻找适合的露营地，几乎无暇顾念这些麻鸭。它们永远也不会飞到前面太远的地方安心地躲起来。它们就这样在我们前面足足飞了五英里。只要下一片水域一出现，它们就会径直朝前疾飞而去，把我们远远地甩在后面。等到我们扎营的时候，它们仍跟在我们的下游处。到了傍晚，我正在小河旁呆坐，忽然被对岸附近传来的一阵轻微响动吸引了。原来是母鸭贴着灌木丛的边缘正悄悄地朝河流上游而去。小麻鸭们排成一列纵队跟在它身后。此时，它们没有激起一点儿水花，也丝毫看不出惊恐或仓皇的迹象，像鬼魅一般无声无息。

在那以后，我还曾两次目睹过它们做同样的事。我毫不怀疑，那天晚上它们是一路赶回了最初被我们发现的摄食地；因为，就像翠鸟一样，每只鸟似乎都有属于自己的一小片溪流。它永远也不会在邻居的水域里捕鱼，可也绝不姑息任何对自有领地的侵犯。在雷斯蒂古什河上，我们发现每隔几英里

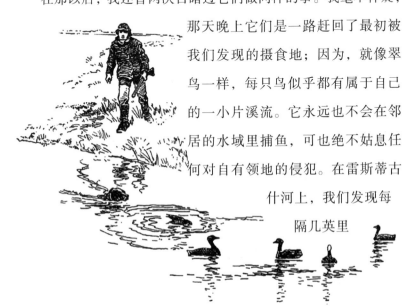

小家伙们偶尔会从水里带些东西上来吃掉

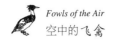

就会出现一群麻鸭；而在其他的鳟鱼数量较少的河流里，它们的数量就不会如此众多。在湖泊的两端，通常都会各住着一窝麻鸭。不过，尽管我对它们的观察堪称细致，却从没见过它们进犯对方的渔场。

那次，在托莱迪大湖上，我见识到了它们所受教育的奇特一面。那时，我正在湖面划着桨横渡，却看见了一只麻鸭带着它的一窝幼鸟游进了一处小小的湖湾：那里的水很浅，我是知道的。很快，它们的身子便开始往下沉，动作显得非常笨拙，显然是在学习关于潜水的第一堂课。第二天下午，我仍在那附近。钓完了鱼，我把独木舟推进了视线之外的蒿草丛里，然后就在那儿闲坐了下来。

一只麝鼠路过，在独木舟上蹭了蹭自己的鼻子，在发现我之前还咬了一点儿百合下来。一群鲦鱼正在附近的水草丛中嬉戏玩耍。一只蜻蜓倒立在芦苇上——在我看来，这应当是最难的杂技了。正当它表演着一些我无法理解的柔术时，一头鹿走下岸来喝水，自始至终都没有瞥见我。在这种情况下，什么都不做才能有所回报，假如只需这样简单地瞥上几眼就能窥见动物的生活习性就好了，因为能见到无知无觉的野生动物实属难得。

然后，母麻鸭带着它的幼鸭们又一次进入了浅水湾，并很快就像之前那样把身体浸入水里。我不禁好奇起来，母鸭为什么会让它们潜水呢？透过野外镜，我发现小家伙们偶尔会从水里带些东西上来吃掉。但那里是温暖的浅水区，根本不可能抓到鱼。这时，我产生了一个想法，于是把独木舟从水草丛里驶了出来。这番动静使在湖面那端的野鸭群陷入了一片混乱。原来，在黑黢黢的水底竟有不少小鳟鱼，都是刚刚抓来的。它们的鳔已经被母鸭那尖锐的喙给戳破了。这是它给小麻鸭们准备的晚餐，进餐的地点也是经过精心挑选的，适合训练它们通过潜水来获取食物。

在划着桨回营地的途中，我不由得想起印第安人教家里的男孩子射击的方法。他们会把孩子们的晚餐挂在够不着的树枝上，然后命令他们用箭射断吊着食物的绳索。想到这里，我不禁心生疑惑：难道这种方法是印第安人发明的？因为他们看待事物的方式很直接，几乎和鸟类一样简单。又或者，在很久以前，有位印第安猎人目睹了麻鸭教导幼鸟的过程，受其启发而产生了这样的想法？

在我看来，在荒野见过的所有鸟群中，只有一窝麻鸭渐渐地能稍稍认出我和我的独木舟，对我也不再像其他鸟类那样充满畏惧。它们住在森林深处的一片小湖上。我们只是中途路过，却在那儿流连了很长时间，一部分是因为美丽的景色让人心旷神怡，一部分是因为那儿有两三头熊出没，偶尔还会出现在黄昏时分的湖岸上。那窝麻鸭跟它的同类一样野性十足，我却总跟它们打照面，而它们有时也会发现我的独木舟在它们附近安安静静地泊着。尽管不太清楚独木舟是如何接近的，但它们能感觉到它是没有恶意的。就这样过了些日子后，只要我不靠得太近，它们再打量我时眼中便只有好奇和些许的不安而已。

这窝麻鸭一共有六只，其中五只已经不再是慌慌张张地横渡湖面。唯独第六只很孱弱，掉在最后，胡乱地拍打着湖水。它可能曾受过伤——也许是被老鹰，或是被大鳟鱼、水貂之流伤害过；也有可能是自己误吞过骨头；抑或是，它本就先天不足，没有什

么外在原因。每当麻鸭群受到惊吓时，它也会努力地挣扎一小会儿，以求能跟上队伍；但随后总是会掉队。这时，母鸭便会去而复返，一边催促，一边给它帮忙；但这样并没什么作用，它还是太弱小了。每次瞥见这窝麻鸭的最后一眼，都是一条泛着泡沫的、在远处的岬角周围渐渐消失的尾迹，以及在它们身后扩散的大片涟漪，这是那小家伙在奋力地划水，黯然地尽着自己最大的努力。

一天下午，独木舟划经一处岬角，险些撞到了对我的到来毫无察觉的它们身上。它们受到了不小的惊吓，立刻朝远处逃去。扑腾、扑腾、扑腾，它们的脚和翅膀并用，动作飞快，身体都几乎飞离了水面。这时，母鸭飞了起来，越过独木舟的船头，高叫着围绕它来回打转。跟往常一样，最弱的那个又掉了队；一时好奇心大起，或者说是出于一种恶作剧般的念头，我划着桨快速朝前冲了过去，差点撞到小家伙身上。它试图潜进水里，但在恐慌之中却被一株百合的茎给缠住了；它钻了出来，但一晃又扎进了水里。然后，我发现它在离我不到十英尺远的水草间钻出了水面，一动不动地在睡莲叶和黄色的茎干间栖着，一眼看过去极难发现。我留在原地没有动，一方面是为了便于观察它，一方面也是为了看看母鸭的反应。

它是多么害怕呀！可它又是多么安静啊！只要我把目光从它身上挪开了，哪怕只有一小会儿，都要再搜寻一番才能再次看见它，有时候甚至要花上两三分钟。

与此同时，已经快要抵达对岸的其他麻鸭们终于停了下来；而我的安静终于让母鸭安心下来，飞了过去，落到了它们中间。此时，它还没发现最小的究竟在哪儿。透过望远镜，我看见它在小麻鸭们周围扑腾着翅膀，想确定它们是否齐齐整整的。这时，它才发现差了一个。我听不见声音，但它的动作表明了一切。最小的孩子忽然没了影，它一定是咯咯地叫了起来。只见它沿着来时的路飞快地往回游去，四下里看了又看。等到了独木舟边时，它留在安全距离外在水草和睡莲叶间找来找去，轻柔地唤小家伙出来。尽管离独木舟很近，但小家伙害怕极了，母亲的呼声只是让它在草茎间更深地蜷缩了起来，而那双明亮的小眼睛由于恐慌而睁得更大了，死死地盯着我看。

我驾着独木舟缓缓地向后退到岬角后它们看不见的地方，自己却仍能透过灌木丛看到母鸭。只见它在独木舟方才所在的位置急切地游来游去，用更为响亮的声音呼唤着；但那小家伙要么是已经对母亲失去了信任，要么惊吓过度，总之就是不肯现身。但母鸭最终还是找到了它。之后，它用在我看来有点儿歇斯底里的方式嘎嘎叫着，扑打着翅膀，把它从藏身的地方拉了出来。它对小家伙是何等地关切啊！一路上，它匆匆忙忙，催着它赶路，又是夸奖，又是斥责；等到了地方，它又率先飞上前去，把整群小麻鸭从藏身处唤了出来迎接小家伙。然后，它便带着自己所有的孩子绕着岬角回到了那个被当作训练营的安静湖湾。

我在夕阳下那光滑如镜的湖面上慢慢地漂流着，一直在思考它这种行为和人类是何等相似。诚如《马太福音》中所言："他岂不撇下这九十九只，往山里去找那只迷路的羊吗？"

抓错老鼠的大角鸮

    大角鸮是一种棕色的大猫头鹰，又称美洲雕鸮。但这两种名字都不及它的印第安名字"库库斯库斯"贴切。几乎在秋季的任何一个夜晚，只要离开城镇朝着大森林而去，你都能听到身在沼泽地里的它发出"库——库——斯库斯"的叫声。

    大角鸮总是抓错老鼠。究其原因，一是它捕猎手段了得；二是，在它看来，所有毛茸茸的东西都必是它的猎物。正因为如此，它就像脑子不太灵光的运动员一样，一听到声音或是看到灌木丛里的动静就冲了出去，也不理会那声音或动静是怎么闹出来的。有时候，所谓的"老鼠"不过是只黄鼠狼或鼬鼠，有时候是你的宠物猫。在极偶然的情况下还会是你的毛皮帽，甚至你的脑袋；在那种时候，你会真切地感受到大角鸮那沉甸甸的重量和锋利的爪尖；但它从不会从错误中汲取教训。因为，尽管它看起来长得怪严肃的，其实却像法国人一样容易激动；因此，不论何时，只要灌木丛里有所动静，或是当有一丁点儿毛皮出现时，它都会冲自己大叫起来:"是老鼠!库库!是兔子!"并且立时飞扑过去。

一天傍晚,在大森林里捕猎归来的我趁着暮色往回赶,忽然听到前方传来鹿摄食的声音。我悄悄地向前来到一片灌木丛的边缘,一动不动地站在那儿,全神贯注地看着、听着。我的帽子在我的衣兜里,只有头出现在遮蔽着我的矮冷杉上方。突然,在毫无防备,也没有任何警示的情况下,我的脑袋从后面被猛地打了一下,就好像有人用一根多刺的棍子使劲地敲了我一下。我吃了一大惊,急忙转过身去;我还以为森林里就我一个人呢——这想法其实是没错的。我身后一个人也没有。在这沉寂的黄昏里,我既听不到一点儿声音,也看不到一点儿动静。这时,有什么东西滴在了我的脖子上;我伸手一摸,才发现自己的脑袋已经在流血了。这种惊吓可是前所未有的,我跳进灌木丛里,竖起耳朵四处张望,试图捕捉敌人的样貌或声音,可就是没发现比小林姬鼠更大的动物——除了不断颔首的冷杉的树梢以外,什么动静也见不着;除了我自己怦怦的心跳声,以及在我身后很远的地方受惊的

鹿猛然逃走时发出的窸窣声和一两下撞击声,什么声音也听不到。

我已经不再是个小男孩了,可是那会儿在森林里感受到的那种惶恐,是前所未有、日后也未再经历过的。在回家的途中,我跑去了医务室。医生一脸古怪地看着我,听着我讲着自己的故事。当然,他没相信我所说的,我也没费心思去让他信服。事实上,连我自己都觉得难以置信。但那染红了我的手

帕的鲜血和头上传来的疼痛，叫我不敢不相信这番经历的真实性。

　　那天晚上，我从梦中忽然醒过来，迷迷糊糊地对自己说："打破你脑袋的那玩意儿是只猫头鹰——当然是猫头鹰了！"那会儿，我回想起来，若干年以前，有个比我大的男孩曾经养过大角鸮。他把它从巢里抓回来后，就搁在棚屋上黑暗的阁楼里头放养了起来。我们这些年纪小些的男孩谁也不敢爬到阁楼上去，因为那只猫头鹰总是像个饿死鬼一样，只要有哪个孩子的脑袋从天窗里冒出来，它就会"呼"地叫着猛扑过去。为了了解这只大宠物，我们总是先用棍子把一只死老鼠或死鸡推进去，然后自己再爬进去。

　　写到这里，童年时的那幅画面再次鲜活地浮现在我眼前：在爬满了蛛网的昏暗的旧阁楼里，丝丝缕缕的光线透进来，细微的灰尘在其中漫舞飞扬。在最黑暗的角落里，那只凶猛的鸟站在地板上，大角高耸，眼睛闪闪发光，身上的羽毛根根竖起，在晦暗的光线里显得身大如斗；它用一只爪子压在猎物身上，同时用另一只爪子把它粗暴地撕成碎片，随后咔的一声合上它塞得满满当当的嘴，贪婪地把所有的羽毛、骨头之类的全吞进肚里。而在天窗上面，两三个小男孩正怀着急切的好奇心盯着这一切，但都又抓着彼此的衣服，全都揪着一颗心，只要它一有敌意的表现，他们立刻就要跌跌撞撞地顺着梯子爬下去。

　　我决意调查一番，于次日下午再次回到了大森林。在我遭受袭击的灌木丛后五十英尺的地方，有一截能俯瞰一小片林间空地的枯木桩。"那肯定就是它的瞭望台，"我心想，"我观察鹿的时候，它就在我头顶上盯着看呢；那头鹿一动，它马上就扑过来了。"

　　我没有那个意愿让它再朝着相同的猎物飞扑一次，于是把我的毛皮帽子藏进了灌木丛里，在上面系了根长绳，拽着绳子的一端回到灌木丛里坐了下来，开始守株待兔。从山谷那头传来低沉的"呼呼"声告诉我，我并不是这片森林里唯一的守望者。

　　临近黄昏时，我忽然注意到那截老树桩的顶端似乎有些异常。花了好一会儿工夫，我才辨认出来，那里竟落了一只大猫头鹰。它背对着我，直挺挺地立着，一动不动的，让自己变成了树桩梢端的一部分。我正看着呢，它忽然叫了一声，身体向前倾去，听起周围的动静来。这时，我急忙拉动了手里的绳子。

　　树叶的第一次窸窣声就让它向前疾飞而去，俨然是发现猎物时的老鹰的那副严阵以待的姿态。就在那一瞬间，它看到了那顶帽子，在矮灌木之间窜进窜出，像支箭似的朝它飞扑过去。正当它放下腿准备发动袭击时，我猛地拽了拽绳子，帽子立刻从它身下跳走了。首次突袭没有命中，它又狂暴地发动了二次袭击。我又猛地拉了一下绳子，让它再次扑了个空。现在，它就在我站立的灌木丛里，终于看见了我。吃惊地用那双凶光毕现的黄眼睛直勾勾地与我对视一番后，它飞了起来，翅膀掠过我的身体，朝着远处的云杉林飞了过去。

　　事已至此，我几乎能确信它就是昨晚的攻击者了；因为每只猫头鹰都有固定的捕猎区域，每一夜使用的都是同一座"瞭望台"。它在灌木丛里就盯上了我的脑袋，我一有动作它就马上发动了袭击。发现自己犯了个错后，它就笔直地飞到了我头顶上方；这样一来，当我转过

头去时自然就什么也看不到了。因为猫头鹰飞起来是完全无声无息的，即便它为了攻击逼得极近，而我也在全神贯注地聆听着，但也听不到任何声音。就这样，经过一番小小的观察后，森林中的又一个谜团就真相大白了。

若干年后，我所获取的知识又帮着我解开了另一个谜团。那件事发生在位于加拿大一片森林的深处的一个伐木场里——这种地方总是充满了迷信色彩。某天傍晚，在一群游荡的北美驯鹿后面追踪过头了的我，发现自己竟单枪匹马地来到了离营地约二十英里远的河边。所幸，在河流上游的某处有一群在此工作的伐木工，这个我是知道的。于是，我沿着河流上游寻找他们的营地，假如能找到，我便不必在严寒的雪夜里在外露宿了。天已经黑了好久，月色皎皎，如水般弥漫在森林和河流之间。我的雪地鞋叩地的声音竟然把十几个五大三粗的男人引到了门边。那门打开的一瞬间，我与其说是用眼睛观察到，不如说是感觉到一件事：在发现我是孤身一"人"后，他们显得迷惑又警觉。但当时的我已是精疲力竭，无暇去理会这件事。除了表示欢迎的只言片语，他们也都缄默无言，直到我敞开肚皮大吃了一顿后，情况才有所改善。随后，当我准备外出再次欣赏一番月色下那迷人的荒野景致时，其中一个伐木工跟了上来，拍了拍我的肩膀。

"最好别离营地太远，先生。这一带不太安全。"他用低沉的声音说。我注意到，他说这话时还回头看了一眼。

"为什么不行？"我抗议道，"这些林子里没什么可怕的。"

"先回营地，我再跟你细说。营地里要暖和些。"他说。我顺从地跟着回去了，然后听到了一个离奇的故事——原来，这事儿发生在某地某个叫安迪的人身上。有一天傍晚，这位安迪正坐在树桩上好端端地抽他的烟斗，忽然，有什么东西从后面把他的脑袋给砸破了；他跳了起来到处看，却什么也没看到，雪地里只有他自己留下的足印而已。第二天，又一个叫吉利的人的毛皮帽子被从他自个儿的脑袋上掠走了，而当他转过头去时，却也没发现任何人；吉利冲回营地里，整个人被吓得六神无主，张口结舌，脸色煞白。从那时起，又发生了些类似的离奇的事，再加上河边又出了次被人们视为某种征兆的可怕事故，导致伐木场变成了一个带着迷信色彩的可怕地方，只要夜幕降临，便没人胆敢独自出门。

听了这个故事，我立刻想起了那只大角鸮和我自己的脑袋，但什么也没说。这样的发散话题只会惹人嫌恶。

第二天，我发现了驯鹿的踪迹，并赶在日落之前回到了伐木场。大角鸮赫然就在暮色之中——这是个体格庞大的家伙，看起来就像是一截巨杉的树桩的一部分。它密切留意着下方的空地。幸运的是，由于身在营地后方，它没法看见我们的门。我把那群人唤了过来，让他们在低矮的屋檐下的雪地里蜷伏起来——"你们在那儿待一会儿，我叫你们瞧瞧那个所谓的幽灵。"我只对他们说了这些。

我拿着当天射杀的兔子的皮毛，小心翼翼地用棍子挑了起来。伐木工人们则好奇地瞧着这一切。伴随着棍子轻微的刮擦声，兔子的皮毛沿着棍子上的裂缝动了动，随即，一道巨大的黑色阴影出现在了我们头顶上。在对棍子发动了突袭后，它便带着兔子的皮毛穿过那片空地，迅速地飞进了云杉林里。

　　这时，有个大块头的伐木工忽然想通了事情的原委，大叫着跳了起来，还在雪地里跳起了吉格舞，活像个小学生一样。已经没有必要再用帽子做进一步的示范了，当然，也没有谁自告奋勇地用自己的头做伤亡实验；但是，大伙儿都想起了曾见到猫头鹰夜巡的情形，而且对它俯冲突袭的习性都有所了解。当然，也有几个人一开始并不买账，回到营地后向我提出了一大堆问题和质疑。于是，我花了半晚上的时间使他们相信：令他们这群在森林里长大的人饱受惊吓的，真就只是区区一只猫头鹰而已。

　　可怜的大角鸮！第二天，它就被这些人射杀在了自己的"瞭望台"上；死了还不算，他们还把它的尸体钉在了伐木场的大门上以儆效尤。

　　黄昏时分，假如你在大角鸮的"瞭望台"上见到它，并耐心地观察一段时间，你会见识到些许奇特的森林智慧，也许还能察觉到它那诡异叫声的含义。假如它还小，它发出"呼呼"的叫声有时候只是在练习，或是在学习方法；再长大些，它的叫声会变得非常可怕——那是种刺耳的尖叫，会一直持续到它的声音进入浑厚期为止。假如你对森林生活并不熟悉，而扎营的地方又在它附近，你十有八九根本睡不着，而且被吓得浑身哆嗦，因为像这样的声音在整片旷野里都找不到与之相似的。假如你爬到大角鸮的巢边，它会发出一种带着恐吓性质的"呼呼呼呼呼"声，深沉的喉音忽高忽低，像是恶魔的诡笑，还伴随着嘴巴张合的邪恶咔嚓声。假如你只是个孩子，随着身边的森林光线变得越来越暗，你会飞快从树上爬下来，离开它的巢。但它仍在规律地叫着："呜——呼呼，呜呼。"这种叫声通常以五个音节为一组，第二、三音节短促，是它捕猎时用来警示猎物的声音。这种捕猎的方式显得很奇怪，但它的构造奇特的耳朵能解释其中缘由。

拨开大角鸮头上的羽毛，你会发现它长了一个巨大的耳孔，一直从眼睛上方开到脸的一半处。里面的耳朵非常敏感，能听见草丛里老鼠发出的窸窣声，或是五十英尺开外麻雀的脚趾划过树枝的动静。它会一动不动地蹲在自己的"瞭望台"上，任谁也发现不了。等到暮色降临，它视力最佳的时候便来了。它会专注聆听，不期然地叫上两声。它的声音听起来闷闷的，很难据此辨别它所在的位置，但能叫所有的鸟和小动物们闻之丧胆；因为它们都了解大角鸮，知道它的性情有多暴烈。只要那恐怖的声音在身边响起，鸟兽们的毛皮和羽毛就会在惊惧中发起抖来。兔子内心惶恐难安；松鸡站在树枝上战栗不已；溪流里的水貂停止了对青蛙的猎捕；正在啃食洋菝葜根的臭鼬把鼻子从洞里探了出来。一片树叶的摇晃，一只脚趾的抓挠，都能让大角鸮立刻闻声而至。

它眼里凶光乍现，大爪子放了下来；只要被它抓上一下，一切就都结束了。因为小动物们光看到它就已经吓得魂飞魄散，彻底失去了呼叫或逃跑的生机。

几年前，我曾经发现过一处鸮巢，并因此发现了这种捕猎方式是何等无往不利。那鸮巢就在一片阴暗的常青林沼泽里的一棵大树上，距离地面约有八十英尺。我先是在树下发现了些毛球和羽毛，因为猫头鹰会把猎物的所有身体部位都吃进肚里，等消化完成后，羽毛、骨

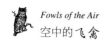

头和毛发会被它以小球的形式吐出来，看起来就像无数的麻雀脑袋。我往树上望去，果然看到了一个硕大的由树枝堆积起来的团状物，那是积年累月慢慢扩建起来的，直径接近三英尺，厚度也有直径的一半。但大角鸮当时并不在巢里。它一定是听到我来时的动静，所以悄无声息地飞走了。

由于向上攀登是一件苦差，在付诸实践之前，我想确定这巢是有宿主的，因此便走远了些，在一处灌木丛里躲了起来。很快，一只巨大的猫头鹰就飞回站在了巢边。没多久，个头稍小的雄鸮也飞到了它身边。于是，我好奇地走了过去，想观察它们接下来的动静。

一听到树枝的断裂声，两只鸟就一起飞了起来：雄鸟径直飞走了；雌鸟则落在了鸟巢下面，站在一根树枝后头，脸透过丫杈朝我的方向盯过来。假如我不知道它在那儿，即使用目光把那棵树搜寻上二十多遍，我可能也没法发现它。在我爬到那棵树的半高处之前，它都一直不动声色地藏在那儿。

在经历一番竭力而艰难的攀爬后，我终于能透过鸟巢的边缘打量里面的情形。只见在鸟巢中央的小坑里，赫然有一束深灰色的绒毛。幼鸟们竟然睡在母鸟从自己胸口拔下的羽毛做成的小床上，这让我深受触动。我伸出手指轻拂那束绒毛，立时便有两个毛茸茸的灰色脑袋从里面钻了出来，上面长着黑色的尖喙，漂亮的淡褐色眼睛，两耳上都生着滑稽的长长的纤毛，让它们看起来就像是两个刚睡醒的机灵小职员一般。当我再次抚摸它们时，它们摇摇晃晃地站了起来，张开了嘴巴——对这么小的家伙而言，那嘴可真是太大了；然后，发现我是个不速之客后，它们努力地竖起自己的那两根纤毛，还吧嗒着嘴巴作势要咬我。

它们长得像市议员那样胖乎乎的，这没什么奇怪的。在这个巨巢的边上，沿圈搁着一只红松鼠、一只老鼠、一只鸡、几条蛙腿，还有一只兔子。在离地八十英尺高的地方竟然有这么好的伙食，看来大角鸮猎获颇丰。所有的猎物都只被吃了一部分，这表明它们的晚餐是被我给打断了；剩下的都是后半身，表明猫头鹰最喜欢吃的是头部尤其是脑子。我没有打扰它们，自己离开了；我想观察小猫头鹰长大的过程——这一过程快得惊人，因为没多久它们就开始学习鸣叫了。但是，为了抚养两三只这样的小野物，大猫头鹰们年复一年地在这片沼泽地里对猎物造成巨大破坏，这样的念头让我从此对它们少了一分仁慈。

有一次，在黄昏时分，我枪击了一只大猫头鹰，它栖在一根树枝上，面朝着我，身边还有根垂在树枝下的像是条长尾巴的东西。随后我发现，这根尾巴原来是一只刚被杀死的水貂，它身上美丽的毛皮能叫小男孩换五美元放进自己的锁柜里。另外一次，我射杀了一只从我头顶飞过的大猫头鹰。当它坠地后，我发现它的爪子里还抓着一只仍然活着的披肩榛鸡。还有一次，我杀了一只大猫头鹰后，发现它的翅膀上散发着令人作呕的恶臭，叫我不敢伸手去碰。这表明它死前曾攻击过臭鼬，而那家伙即使在受袭时也绝不会昏头并忘记反击。但是大角鸮跟狐狸一样，对这种"武器"毫不理会；而在猎物稀少的春天，只要瞧见趁着暮色从自己的洞穴里偷偷溜出来的臭鼬，它都会俯冲下来把它给结果掉。

在某个阴郁的冬日下午，在一片密林边上，我见识到了大角鸮捕猎时最为残忍的一幕。那会儿，我正在留意着一只半野生的母猫；而那只猫正盯着一只红松鼠瞧——它声称自己偷藏起来的坚果被谁给偷了，为此正闹得不可开交。在我们身后，一只大角鸮蹲在松树上冷眼旁观着。落叶和被松鼠扔到雪地上的空壳被风刮了起来，打起了旋儿，而松鼠就在这股旋风正中间唠叨个不停。这时，在它身后的猫已经爬得越来越近了：只见它弓起了身子，眼睛闪闪发光，肌肉颤动着，全神贯注地准备一跃而起。就在这

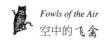

当儿，一副宽大的翅膀静悄悄地从我藏身地的上空掠了过去，像影子一样落在了那只猫身上。它用一组强有力的爪趾从猫耳朵后面揪住了它，剩下的爪趾则像老虎钳一样攥住了它的脊柱。通常，大角鸮只要这样抓下来就可以宣告胜利了。但这是只体格强健的猫，猫头鹰的爪子刚碰到它身上，它就飞快地窜开了。猫头鹰立刻追了上来，在上空飘浮着，盘旋着，等到时机成熟，便俯冲下来，再次发动猛袭。猫扭过头来，开始狂暴地反击。这场你死我活的殊死搏斗持续了好一会儿，一时之间，猫毛和大角鸮的羽毛漫天飞舞。猫发了疯似的尖叫，大角鸮却像死亡一样沉默。终于，鸮爪完成了最后致命的一击。当我从灌木丛里直起身来时，大角鸮已经把猎物按在了身下，用爪子把肉撕扯下来，然后用同样的动作把肉往上送到嘴边，用相同的方法吞咽猎物所有的部位，就像饿死鬼一样。

察觉了险情的松鼠早已飞蹿到树上。它恶魔般的眼睛越过树枝，偷看着下面发生的一切。血迹斑斑的雪地和死猫让它发出幸灾乐祸的窃笑。与此同时，因为嫌猫头鹰耽误了它寻找失窃的胡桃，它对这只碍事的猫头鹰骂骂咧咧，大吼大叫，极尽恐吓威胁之能事。

在那之后没多久，我就用一种特殊的法子把这只大角鸮抓了起来。附近的一个农民告诉我，有只猫头鹰定期就会来抓它的鸡。毫无疑问，它是被严冬驱赶着向南而来的。它一直到抓到那只猫后才把自己的捕猎区域固定了下来，后来附近的鸡就开始遭殃了。我竖了根竿子，在顶端钉了一小块木板当台子，又在台子上固定了一个小型捕兽夹，往下面挂了只死鸡。第二天早上，我们就在

台子上发现了大角鸮，它正在笨拙地向外拉
扯那只踩进夹子里的脚。猫头鹰的捕猎方式
很特殊，喜欢落在树桩和光秃秃的树枝上；
这只大角鸮就是在掠走猎物前把我的竿子当
成了"瞭望台"。

　　除此之外，还有一种简单的捉弄它的
方法。这个时机可以是它求偶的早春时节，
或是在秋季，赶在幼鸟们已经被它喂饱而还
没有学会太多技能之前。只要模仿它捕猎时的叫声，就能把它吸
引到你身边来。在荒野中鸟类成群聚集的地方，我总能很快就吸
引五六只大角鸮过来。你只需要走到远离营地的地方，静静地坐
下来，让自己和周遭融为一体。重复地模拟几次它的叫声，假如
这时有一只吃饱了的幼鸟就在附近，它便会回应你的叫声并慢慢
地接近你。没多时，它就来到了你头顶的树上。这时你可不能动。
很快，它就用你唤它时的那种声音高叫起来，但你不能回应。它
的同类会被它的叫声吸引，静悄悄地从各个方向聚拢过来，发出
使人悚然的尖叫。此时的叫声近在咫尺，比在远处听到时更尖锐、
诡异和骇人。它们像影子一样在四周盘旋，用它们那古怪的方式
"呼呼"地叫着，闹腾着；随后，它们便会离开，回到各自的"瞭
望台"上，各捕各的猎去了。不过，这一晚你很有可能要被惊醒
好几次，因为有些好奇的小猫头鹰会去而复返，发出捕猎时的叫
声，希望能搞清楚那首次的召唤声到底是怎么回事。

乌鸦的门道

生来就有当无赖的潜质，而又把这种潜质发挥得淋漓尽致的动物，我们称之为老赖，而乌鸦就是这么一个十足的老赖。我是在几年前的某个清晨得出这样的结论的。那会儿，我正看着一只老乌鸦，它正在一片沿着荒芜牧场的围墙生长的灌木丛的边缘上勤勤恳恳地探索。还没等我弄清它到底意欲何为，它已经吃掉了画眉下的一窝蛋，又掠走了三只小麻雀去喂养自己的幼鸟。从那以后，它就经常在这般胡作非为的时候被我逮个正着。

一个老农民信誓旦旦地对我说，他还曾经撞见过这只乌鸦折磨他的羊：它落在羊背上，把羊毛连根拔起，就为了收集羊毛好给自己铺窝。这种挑衅可比拔玉米秆还要严重得多，尽管后一种行径已经让它成了几乎所有农民的眼中钉。

但是，抛开这些无赖行径不提，它身上有许多奇特而有趣的习性。事实上，我还不知道有哪种其他的鸟能在一个考察季里予以我如此丰厚的回报；只不过，如果想通过个人观察洞悉乌鸦的特别之处，你必须具备足够的耐心，忍受频繁的失望。它是多么怕生啊！它汲取智慧时显得多聪明、多敏捷啊！但是它又很容易被愚弄；有些本应让它汲取教训的经历，它却能在一个小时里忘得一干二净。在我还没有学好而行事野蛮的日子里，几乎每次外出打猎，我都会藏进松树林里模仿小乌鸦的叫声，这样便能将某群把我的捕猎区域的上空作为活动范围的乌鸦群里的一两只猎到手。假如那群乌鸦在你能听得见的距离内，当你听到它们那嚯嚯的高声合鸣，看到它们从一个星期前已经以同样的方式上过当的那片小树林里冲出来时，你一定会感觉非常惊诧。事实上，它们有时似乎也能记起点儿什么，因为当我这只假冒的小乌鸦开始叫唤时，它们会先在远处的一棵松树上聚集，嚯嚯地叫着，声音里充满了怀疑。但是到了末了，占上风的总是好奇心。但作为折中的法子，它们总会先派遣一只动作敏捷的长翅膀飞行老手，眼睁睁地看它倒在枪声中；这时它们便会飞走，扯着嗓子尖叫，一直飞出好几里地才会停下来。只不过，到了下个星期，它们还是会把同样的事再做一遍。

乌鸦比其他任何鸟都更喜欢刺激和聚众的场合，只要事有异常，哪怕微不足道，也会成为它们聚集的由头。一只受伤的鸟在乌鸦群中引起的骚动毫不亚于铁路事故在村子里头激起的反应。但是，假如让一只四处觅食的老乌鸦发现了在巨大的铁杉树顶上熟睡度日的猫头鹰，它那股狂喜和兴奋的劲儿头更是无可遏制。它那透着克制的狂热呼叫让附近的所有乌鸦一听就全都心领神会。它在树顶上盘旋着尖叫，似乎在说：来啊！快来！全都来这里！不出两分钟，更多的乌鸦就在老铁杉旁边聚集了起来，数量

之多，让你压根不敢相信方圆数里之内竟然会有这么多乌鸦。有一天，在有只乌鸦发现了猫头鹰后，我数了数在短时间内便赶到那棵树周围的乌鸦，发现竟然足有七十多只；我想，在外围飞舞的乌鸦数目一定更多，多得叫我数不过来。

在这种时候，你可以走到很近的地方，只要多加小心就行；因为只要一发现猫头鹰，乌鸦们就忘了像平常那样派出哨兵。慢慢地穿过灌木丛，你会发现自己已忽然置身于极度的兴奋之中。离猫头鹰最近的乌鸦们栖在树上的各处，骤然哇哇叫了起来，没有哪只乌鸦甘心保持缄默。外围的乌鸦们在周遭快速地飞来飞去，如有可能，它们发出的噪音比内圈的还要更大。与此同时，那只猫头鹰蹲在众鸦视线之外的翠绿树梢上凝视着它们，时不时眨巴眨巴眼睛。每时每刻都会有两三只乌鸦飞离自己的圈子，来到离猫头鹰近在咫尺的地方偷偷地窥视它，然后又尖叫着回到自己的栖枝上，在那儿哇哇大叫着蹦蹦跳跳，点头颔首，在树枝间撞来撞去，像极了狂热的政治演说家。

喧嚣声越来越大了，每分钟都会有新的声音加入进来，猫头鹰隐隐察觉到是自己引起了这一切，于是飞到了另一棵树上，希望能安安静静地睡它的觉。但乌鸦们随即就扑棱棱、吵吵闹闹地追了过来。一些行动敏捷的老侦察员紧跟在猫头鹰身后，一路叫唤着给乌泱泱的乌鸦大军指明方向。等到猫头鹰停下来，它们便又会聚集在周围，如出一辙的好戏再次上演，只不过这次它们更加兴奋了。最终，猫头鹰找到了一棵空心树，钻进去没了影儿，留下乌鸦们哇哇地叫得累了为止，这场闹剧才算收场；要么就是它找到一片茂密的松树林，用它那种幽灵般无声无息的飞行方式在里面兜兜转转，直到把鸦群甩掉了为止。这时，它会飞到自己能找到的最茂密的那棵树，通常位于鸦群正在搜寻的小树林之外，后背紧贴着树干蹲着，眨巴着它那双黄色的大眼睛，仔细地听着从小树林里席卷而过的那片喧闹：那是乌鸦们在好奇地望向每棵枝繁叶茂的松树，四处寻找那丢失了的激情。

搜寻无果，乌鸦们终于放弃了，但并非心甘情愿。每隔几分钟，它们就会在树林上方盘旋，起起落落，动作漂亮而具有规律性，像是所有群居鸟类都会进行的演习一般。最后，它们通常会聚集到远处的某棵树上，围绕着它哇哇地叫上几个小时，直到新的兴奋点出现，把它们吸引到别处为止。

只不过，为什么猫头鹰会让它们如此兴奋？这是个未解之谜。我从未见过鸦群骚扰猫头鹰，除了偶尔盯着它瞧并在它四周高叫以外，它们也没有表现出别的什么意图。在它们看来，猫头鹰是个性情凶残的小偷：对此我是深信不疑的。但猫头鹰的盗窃行为发生在夜间，那会儿正是鸦群的睡眠时间——它们自己的偷盗都是在光天化日之下进行的。所以，它们有可能是在通过这种方式谴责猫头鹰这个冒牌货；猫头鹰在夜间觅食时偶尔也会从鸦巢里抓走一只小乌鸦，这也是一种可能的解释。所以，见到猫头鹰，鸦群会像所有看到自己天敌出现的鸟一样群情激奋。

面对老鹰，它们也会表现几乎如出一辙的躁动；只不过，后者总会迅速飞走，轻

而易举地从这帮烦人的家伙身边逃开，或是慢悠悠地盘旋上升到令人眩晕的高度，让乌鸦们不敢尾随为止。

我曾利用乌鸦的这种习性在早春时分寻找过猫头鹰的巢。在寻找猫头鹰的下落一事上，乌鸦的表现比最细心的鸟类学家都要出色得多：一点小小的刺激，都会让它们频繁地聚到猫头鹰身边。我曾利用这一点仔仔细细地观察过鸦群。那次，我带了一只老猫头鹰的标本出来，用竿子把它举高，紧贴着树林边上的一棵巨松，自己则在一片茂密的灌木丛里趴了下来，模仿兴奋的乌鸦叫声。第一只乌鸦先驱直接从鸦群那边飞了过来，但它并没有任何发现。猫头鹰标本是被第二只乌鸦发现的。到了这一步，我也没必要再学乌鸦叫了。哇！哇！第二只乌鸦使劲地扯着嗓子叫了起来——在这儿呢！这臭无赖在这儿！很快，整群乌鸦就都被它召唤了过来；在近十分钟的时间里，乌鸦们源源不断地从四面八方赶来。我没见过比那次更狂热的情形。在震天响的鸦叫声中，我期望着能找到它们这样兴奋的真正原因和最终结果；不料，一只老乌鸦竟飞到了我藏身的地方附近，发现了透过灌木丛往外偷看的我。我不知道它是怎么让自己的声音在一片喧嚣中脱颖而出并被其他的乌鸦听见或理解的；但是，再兴奋的乌鸦也不会对危险的信号听而不闻。下一刻，整群乌鸦就横穿过树林而去，一边扑打着翅膀，一边发出解散的叫声。

还有一种方式能体现乌鸦喜欢求变的特性，只不过那种方式要庄重得多。偶尔，你会撞见一群乌鸦分散地栖息在树上，专心致志地望着自己群里的某个成员表演。乌鸦最常见的叫声是嘶哑的"哇哇"叫。这是大家耳熟能详的声音，在表达上似乎是万能的：它可以是在松树尖上睡觉时的轻柔叫唤，也可以是搜寻任何让它惊讶的寻常小事时必备的响亮嘲笑声。尽管如此，还是有些乌鸦能发出些特殊的声音。偶尔，它们还会用这样的声音娱乐大众。不过，我疑心这样的发音天赋极少会被使用甚至发掘，除非实在是没乐子可寻，它们才会探索自身的资源。可以确定的是，只要某只乌鸦发出异常的声音，它周遭总会围着几只看热闹的同类；它们起劲地哇哇叫着，但同时也竖起了耳朵专心地聆听着。这样的情形，我亲眼见过不止一次了。

九月的某个下午，我正静静地在森林中穿行，忽然，一阵异常声响吸引了我的注意力。声音是从一片橡树林里传来的，那是灰松鼠最喜欢的栖息地；从同样的方向上还传来了乌鸦的叫声。但是每过几分钟，就会传来一种奇怪的噼啪声，就好像有谁拿着一颗巨大的胡桃在使劲地嗑。我悄悄地向前走去，发现橡树林里落了有大约五十只乌鸦，全都聚精会神地盯着它们下方瞧，可惜在我的位置上没法看见到底发生了什么。

于是，我前行到树林边上由灌木形成的围栏边，偷偷望过去，这才看到那位表演者。一只小乌鸦正攀着一条长长的、离地面几尺高的柔枝，像红花半边莲①上的食米鸟一样上下荡悠。它展开双翅，优雅地保持着平衡，每隔几分钟就会发出一种新奇的"咔嚓"叫声。每当树枝向高处荡去时，它的翅膀和尾巴都会随之晃动。这个过程每重复一次，围观的乌鸦们就会哇哇地叫起好来。我在一旁观望了足足十分钟，直到它们发现了我，齐刷刷地飞走为止。

---

① 红花半边莲：半边莲属下的一个种，原产于北美和中美，花深红色，唇形，穗状花序。

　　从那以后，我有好几次留意到不同寻常的鸦叫声，并屡次惊起显然正在观看群员表演的乌鸦群。有一次听到的是深沉而悦耳的哨音，跟冠蓝鸦（尽管羽毛颜色鲜艳，但它也是乌鸦的表亲）那"咻噜噜"的叫声颇有几分相似，只不过更为低沉和饱满，也没有冠蓝鸦的鸣音中那种特有的啭声。有一次，在缅因州的一片大森林里，我听到了一种嘶哑的尖叫声。那根本不像是鸟类的叫声，害得我往枪里装了沉甸甸的子弹，一路匍匐，还以为能见到某种从未打过照面的陌生兽类呢。

　　由于热衷于变化和刺激，只要注意到任何异常景象或声音，乌鸦都会着力调查一番。你可以在森林里的任何地方藏起来，随心所欲地发出任何奇怪的声音——可以吹吹小口琴，拉拉小提琴，要不就轻唤两声也行——一只冠蓝鸦会率先飞来，兴奋地搜寻着声音的来源。紧接着，一只红松鼠鬼鬼祟祟地爬了下来，在你头顶上尖叫，竭力地想叫你挪地方。假如眼神足够犀利，你会看见一只乌鸦在灌木之间飞来飞去，刻意保持在你的视线范围之外，但仍旧逐渐逼近，想搞清楚这异常的动静是怎么回事。假如调查的结果并未打消它的疑心或使它满意，它便会躲起来，耐心地等着你自己现身。

　　它不仅对你充满了好奇，而且会留心观察在树林周围走动的你。除此之外，它也从不忘监视自己的邻居们。当狐狸出现时，你总能赶在猎狗之前察觉它的方向，因为只要它一现身，乌鸦就会飞到它头上盘旋，还"无赖！无赖！"地叫唤着。除此之外，它还会监视天上的野鸭和千鸟，还有地上的鹿和熊。它知道它们的所在地，了解它们的一举一动；一旦有危险临近，它会飞到远离自己路线的地方来警示它们和自己的同类。当飞鸟筑巢，狐狸打洞，野兽在林子里打架时，它保准会赶去看热闹。没其他事可做时，它甚至还会开开玩笑。有一次，我就曾目睹一只小乌鸦藏在松树的树洞里。它哀切地叫唤着，引得一整群乌鸦度过了极为躁动不安的两小时。每当鸦群远离时，小乌鸦便会好奇地往外张望，一发现谁也没注意到它，就立刻发出令人心碎的呼叫，而一旦鸦群急匆匆地飞过来并折腾出震耳欲聋的动静时，它便又躲进洞里，避开它们的视线。

它的这种行为只有两种可能的解释：要么是它还太小，不理解在没有狼出没的情况下发出类似"狼来了"的叫唤的严重性；要么就不过是在玩捉迷藏的游戏。最后，鸦群终于发现了它，并追着它飞离了我的视野范围。它们或者是去教训它了，或者，就像我现在倾向于认为的那样，谁能抓住它，谁就有资格当下一个藏起来的玩家了。

追踪并观察鸦群的人都会越来越清楚地发现，乌鸦们确实会玩捉迷藏和其他一些不知名的游戏。某个九月的下午，我就目睹了一出奇特的戏码。我正在采摘苹果，却被一阵萦绕在森林上方的亢奋鸦叫声吸引着离开了果园，因为观察这群长得黑黢黢的邻居比摘苹果可要刺激得多了。

吵闹声是从一处废弃的牧场里传来的，那儿三面被松林环绕，第四面则连接着半荒的田地，一直延伸向远方那条尘土飞扬的大路。此地曾经是一个农场，但现在连地下室也都消失了，乌鸦们对这地方也就不再畏惧了。

想要神不知鬼不觉地从最近的松林里爬过去，然后在旧牧场

边上的杜松下面找到一处安全的藏身地，是件轻而易举的事。在此期间，间或总能听到乌鸦的叫声。时不时地，它们又会突然变得异常嘈杂，仿佛每只乌鸦都在竭力超越同伴，让自己叫得最响似的；但随即，四周又安静下来，所能听到的只有一声短促的鸣叫——那是站岗的哨兵在说"一切平安"。

我抵达了杜松下，发现沿着空地边缘生长的松树顶上歇着一大群乌鸦——足有半百之多。它们显然是在等着什么事发生，相当安静，只偶尔能听到为了栖枝而发生的争夺声。在我的右下边，在牧场唯一与外界相通的那一面，一只老乌鸦独自地栖息在一株高大的山核桃树的顶端。要不是它嘴巴里叼着一个明亮的东西，我差点把它当成哨兵。我离得太远，没法辨认出那东西到底是什么；但是，只要它转动脑袋，那东西就会在阳光下闪闪发亮，像是一块碎玻璃。

正当我好奇地瞧着它时，它已自行飞到了空中，来到了空地中心的位置上，然后朝着另一端的松林飞快地俯冲下来。霎时，所有的乌鸦都展翅飞了起来，它们从两边射出来，数量众多，是我前所未见的。它们像疯了似的大叫，朝着从山核桃树上下来的那个老伙计扑了过去。有好一会儿，我眼前全是疾速掠过向下俯冲的黑色翅膀，耳中听到的是响彻云霄的喧嚣。

这时，有个亮晶晶的东西从兴奋的鸦群之中掉了下来，一只乌鸦急忙跟着扑了过去；但我的兴趣全被乱哄哄的鸦群吸引了，对这东西的下落并未加留意。这时，喧嚣声骤然停止了。在短暂的整齐划一的上升、下降和翻飞后，乌鸦们纷纷歇落在空地两端先前栖息的松树上。而在那株山核桃树上又出现了另一只乌鸦，嘴里叼着同一个亮晶晶、闪闪发光的东西。

这次等待的时间很长，好像是它们在中场休息一样。然后，那只单独的乌鸦也毫无征兆地向空地下方俯冲下来。鸦群立刻将它团团围住，而它们那竭力妨碍它的意图一望便知。它们用翅膀拍打它的脸，排成之字形的路线挡在它前面，甚至企图落在它的背上。它徒然地扭动着身体，左躲右闪，像石头一样往下跌坠；但不管何时，只要它一转身，就会有扑腾的翅膀出现挡住它飞行的路线。这场游戏的第一个目标已经显而易见了：它想抵达终点——山核桃树对面的松树上去，而其他的乌鸦要做的就是阻止它。我一再地失去那只领头乌鸦的影踪，但只要阳光从它那抓着的那亮晶晶的东西上反射过来，就一定能在喧闹的鸦群的正中间找到它。此时，游戏的第二个目标也明确了：鸦群正在试图把它搞糊涂，好让它扔下那块宝物。

它们在空地下方飞快地旋绕着，随即又回到宝物的看守者身边。突然，那个亮晶晶的东西掉了下来，在无人察觉的情况下落在了地上。三四只乌鸦立刻朝它扑了过去，紧接着，一场激烈的争夺战开始了。在混战之中，一只小乌鸦猛地钻到了参赛者的下方，还没等它们反应过来发生了什么事，它已经急匆匆地朝山核桃树飞了过去，并尽力将那块众人垂涎的小玩意儿举得高高的，似乎在为自己的诡计得逞而洋洋得意。

伴随着喧闹的叫声，鸦群再次慢慢地飞进了松林之中。这场游戏是否还要再继续下去，这显然是个问题。每只乌鸦都有话要说，反对的声音无休无止。但争议最终还是以和平的方式解决了，于是它们又开始抢夺观战的位置，直到新的领头鸟给它们提供下

一次追逐的机会为止。

到了这一步，这群乌鸦到底在做什么，旁观者心中一定已经没有疑问了。它们是在玩游戏，就像一群学童似的尽情享受着九月午后那明媚而悠长的时光。它们是否是从某个农民的玉米地里出来飞经牧场的途中发现了这么个亮晶晶的东西，于是自然而然地想到了这个游戏？要么，是它们先想出了这个玩法，而后才把这块宝物带了过来？每只乌鸦都有它自己的秘密储藏室，它会把自己找来的所有亮晶晶的东西都藏在那儿。这储藏室有时候是在爬满了苔藓和蕨类植物的岩石的缝隙间，有时候是断枝上开裂的末端，有时候是空心树里被抛弃的猫头鹰的巢，更多的时候是大松树的丫权间，用褐色的松针小心地遮盖着；但不管它出现在什么地方，里面都一定装满了亮晶晶的东西——玻璃、瓷器、珠子、罐子、旧勺子、镀银的扣子——除了乌鸦自己，没有谁能知道它是怎么找来这些东西的。难道是哪只乌鸦为了这场游戏而把自己最好的宝物带了过来？还是这东西本来就是游戏特用的，而鸦群把它放在了每个成员都能取用的地方？

当旁观者注意到那株山核桃树已经空空如也时，他脑中一定会生出这些让他兴致盎然的疑问。这时，有个东西在深绿色的森林上空一闪而过，泄露了领头乌鸦的位置。原来它正偷偷摸摸地在阴影中穿行，试图趁它们没发现时抵达目的地。但就在此时，一个充满了嘲弄意味的声音响起："哇！"而这宣告了它行迹的败露。于是，好玩的戏码又开始了：它吵闹、混乱而快乐，一如既往。

这次，当那亮晶晶的东西掉在地上时，急于拥有它的那种好奇已经超过了我对游戏的兴趣。何况，还有苹果等着我采摘。于是，我跳了起来，鸦群被吓得四散而逃，陷入一片混乱之中；但是当它们飞走时，我感觉在这种喧闹的飞行中，和受到的惊吓相比，游戏带来的兴奋感还是在它们心中占了上风。

领头的乌鸦抓着的那亮晶晶的东西原来是一个玻璃杯的把手。杯子碎了后，其中的某个碎片恰好是带有把手的那一块，因此把手上的环是完整的。原来,这小玩意儿各方面都恰如其分——明亮，不算太沉，乌鸦抓取和携带起来是最方便不过的了。只要抓得够紧，想要叫乌鸦把它扔下可就要大费一番周章了。

那么，就像孩子们在游戏时会提到的那样，究竟谁有资格第一个藏起来呢？这种特权是否属于那只最先找到宝物的乌鸦？要么，鸦群有判定第一个领头者的特殊方法？在那条尘土飞扬的老路下有一间校舍。在做游戏的时候，我注意到乌鸦们会在远处的森林里悄悄地飞来飞去，兴致勃勃地旁观我们做游戏，害羞而又沉默。它们会不会是躲在我们后面偷看而学会这种游戏的？如果真是这样，它们是否也知道撞球①、囚犯基地②和竞技场公牛③？它们那聪明的小黑脑袋能进行任何模仿，这一点并不难相信，尤其是曾经养过被驯服的乌鸦的人，或是在明媚的秋日里追踪过鸦群的人——那会儿食物充沛，每只乌鸦都像假期里的学校男生一样无忧无虑。

① 撞球：球类游戏。特定的球相撞可以得分。
② 囚犯基地：抓俘虏游戏。游戏者分为两队，一队扮演囚犯，设法回到圈定的"家"或"基地"的范围内，另一队则负责拦截。
③ 竞技场公牛：突围游戏。多人围一人站成一圈。外圈的一名游戏者朝圈中的游戏者冲过去并相互角力。随后，发起攻击的游戏者替代圈中的游戏者成为下一轮游戏的角力目标。

雪国来客

写这段文字的时候，我的书桌上方恰好有一只很大的雪鸮标本。不管我在做什么，它那双黄色的眼睛似乎一直盯着我。也许它还在纳闷，怎么莫名其妙地就来到了我的书房。

几年以前，也是在冬天，在某个暴风雨天的下午，我正在一条发源自马达基特海港而绕经沼泽地的荒僻盐溪边观察那儿的黑鸭。我的藏身地建在一处低矮山脊阴影下的灌木丛里，那附近有最清亮的淡水。在我面前，已经被圈禁了一整天的做诱饵的鸟正在撒欢似的戏水，享受着自由的快乐。这地方的荒凉和自己被迫与配偶分离的命运让它发出嘹亮的嘎嘎叫声。在藏身地里，我的老狗唐蜷缩在我的身边，靠发抖来给自己取暖，尽力不让灌木丛的颤动太过明显。因为唐很清楚，这样会吓到准备前来的野鸭。

天色逐渐变暗，寒气袭人。天空没有鸟飞的痕迹，我站了一会儿，暖暖自己冻得半僵的脚趾。这时，似乎有个影子从我头顶上方飞了过去。下一刻，我听到了水花溅起的声音，随之便是诱鸟报警的响亮叫声。在黑暗的山脊下，我所能辨认出来的只有一对吃力地从水中升起来的扑腾的翅膀——它把我的鸭子给掠走了。这时，一条锚索挡住了这个抢劫犯，让它没能带着它的赃物成功地逃走。我并不愿意开枪，怕误伤了珍贵的诱鸟。我吼叫着遣出了自己的狗。诱鸟掉进了水里，激起一阵水花，而那小贼趁着黑暗逃走了——像道影子似的无声无息地消失了。

没一会儿的功夫，可怜的鸭子就在我的手中死去了，它身上那残忍的爪印明明白白地告诉我，方才的贼是只猫头鹰；那会儿，我没有想到它是难得一见的来自北方的冬季访客。按照我的揣测，那不过就是只大角鸮而已，并据此制定了抓捕它的计划。

第二天晚上，我带着几只木制的诱鸟回到那里，诱鸟的木骨架上铺着抻开的野鸭皮，显得活灵活现。天黑后一个小时，它又来了，毫无疑问，是被我持续的嘎嘎叫声吸引过来的。我再次瞥到了那个像是道影子的东西：它先是悬浮在空中，随即，还没等我用瞄准镜找到它，它就已经俯冲下来，猛扑到了诱鸟身上，激起一阵巨大的水花和嘶啦声。不等它发现自己犯了错，我已经抓住了它。下一刻，唐跑到了岸边，像孔雀一样骄傲地带回了一只硕大的雪鸮——这可真是难得的战利品，值得我们吃比现在多十倍的苦头。

猫头鹰虽然体格强健，但通常都清瘦异常，以至于在食物短缺的严冬，当刮起风时，它们没法笔直飞行；当风速达到每小时20海里时，它们宽阔的翅膀就会备受牵制，只能无助地被风抛来掷去。但眼前的这只猫头鹰却生得胖乎乎、圆墩墩的。用它制作标本进行腹内填充时，我才发现它刚吃过一只大老鼠和一只野云

雀，除此之外，还有毛发、骨头、
羽毛之类的东西。如果能知道它抓
住"鸭子"后意欲何为，那应该非
常有趣。也许，它也像乌鸦一样到
处设有秘密的储藏室，用以保存物
品，以备不时之需。

每到严冬，在冰天雪地的北方，
由于食物短缺，这些美丽的猫头鹰
中的一部分会被迫南迁，设法飞往新英格兰沿海的荒僻之地。而
在位于马萨诸塞州的此地，它们更喜欢科德角南部的海岸，尤其
钟爱楠塔基特岛，那里除了有被海潮卷上来的食物外，还有整冬
流连不去的画眉和知更鸟。在它们出生的遥远的北方，猫头鹰主
要以野兔和松鸡为食；而在这里，不管是远离了主人屋宅的流浪
猫，还是在海滩上偶遇的逃过了乌鸦和海鸥锐利的眼睛的贻贝，
只要是能吃的它们就不会放过。

它的某些捕猎方法令人称奇。冬季的某天，沿着沙滩漫步时，
我来到了一两天前曾利用诱鸟射杀过啸鹪（金睛鸭）的地方。我
当时的隐蔽处是在沙子里挖的一个坑，为了给脚趾保暖，特意在
坑底铺了一抱干海藻；在这个看台的正后方，是一艘船的主桅的
残骸，是由许久以前的某次海潮导致的一场风暴和海难留下的遗
迹。

当我走近时，我发现那隐蔽处里有些异动。里面的沙子和海
藻不时地被抛出来，随即又被风吹到一边去。我赶忙钻进枯萎的
水草里躲了起来，睁大了眼睛，竖起了耳朵。不一会儿，一只白

色的脑袋和颈子自旧桅杆后昂然而出，上面的羽毛悍然竖立着。这脑袋一动不动地杵了好一会儿，聆听着周围的动静；然后，它整个儿扭转起来，以便查看四面八方的情况。过了一会儿，它消失了，而海藻又开始飞舞了起来。

显然，在那个暗坑里有个可捕获的战利品。可它在那儿做什么呢？在那之前，我一直认为猫头鹰是靠翅膀来获取猎物的。在沙滩的远处，沿岸是一片可以远眺暗坑的沙崖。于是，我小心翼翼地踅了过去，爬到崖边，从上面向下俯瞰。只见在暗坑的底部有一只大雪鸮，正在像特洛伊人一样勤勤恳恳地挖着坑，用那双巨大的爪子把沙子和海藻刨出来。它像只饥饿刨食的母鸡似的交替挥舞着两只爪子，然后把这些东西向身后的旧桅杆抛洒过去。每隔一会儿，它就会停下来，把浑身的羽毛都竖起来，让自己显得又大又凶猛，滑稽极了。这时，它从桅杆上方沿着沙滩的方向观望一番，随即又钻进坑里疯狂地挖掘起来。

我想，它之所以在每次观察前都把自己的羽毛竖起来，是为了把试图在它干这份不寻常的活儿时接近它、偷袭它的敌人吓得心惊胆战，这是猫头鹰惯用的伎俩了。它们受伤时总会用这种法子应对靠近的敌人。

它苦心挖掘的目的很快就变得显而易见了。原来，早些时候，有一只沙滩鼠循着我午餐剩下的残渣跳进了暗坑里。由于沙墙太过陡峭，它爬不上来，只好开始打一条通往上方的隧道来。结果，它干活的动静叫猫头鹰给听见了，于是追逐大戏开始上演了，而猫头鹰赢得了最后的胜利。在一片狂乱飘舞的海藻之中，它抓着那只沙滩鼠从坑里冲了上来。要不是因为那场风暴留下的船的

157

残骸，要不是它忙着在地下挖掘，它一定老早就会发现我了，而那样我就没法接近并一探究竟了，因为它的眼睛和耳朵都灵敏得出奇。

在它客居南方的过程里，又或许是在北冰洋的冰原上，它发现了一种比"刨食"更为独特的获取食物的方式。它摇身一变，成了渔夫，学会了捕鱼。不过，我只目睹过一次它用这种法子获取晚餐的情形。那是在 1890 年到 1891 年之间的某个冬日，在楠塔基特岛的北岸上。在那个时节，雪鸮们已经开始了从北方一路南下的伟大征程。海湾里满是浮冰，数以千计的野鸭在浅滩上游来游去。在用野外镜观察它们的当儿，我忽然发现在一个巨大的浮冰块的边上，有一只雪鸮直挺挺地站着一动不动。"这家伙在干吗呢？"我心里嘀咕着——"我知道了！它一定是想趁着野鸭不注意偷偷地飘降过去。"

这事儿太有意思了，于是我在岩石上坐下来观看。只要我的目光稍微从它身上移开一会儿，再想要找到它就不那么容易了。只见它一动不动地站在冰天雪地之中，翅膀与白色的冰雪完美地融为一体。

可是，它并不是在追踪野鸭，因为这时它的身体忽然前倾，把一只脚伸进了水里。接着，它从浮冰块的边上往后跳了开去，似乎开始吃起了什么东西。我猛然醒悟过来,它方才是在捕鱼——那捕鱼的方式像个真正的冒险家：孤身一人站在冰块上，技术是唯一可以指靠的东西。没过几分钟，它又出击了一次，并最终抓了条肥鱼上来，带到岸边慢悠悠地吃了起来。

整件事里，最让我想不通的就是鱼是怎么来的，我因此纳闷了很久：因为在那种季节，除非是在离岸的深水处，否则是不可能找到大鱼的。几个星期后，我才打听到，原来就在这事儿发生前不久，有几艘满载着货物的小渔船在试图靠岸时遇到了巨浪，在小岛的东边翻了船。死鱼被潮汐卷到了四处，而猫头鹰受了死鱼的蒙蔽，向我展示了它的捕鱼技巧。在它位于北部的家乡，当鲑鱼开始在破了冰的水中四处游动时，在浮冰块上捕鱼对它而言不过是件稀松平常的事。

猫头鹰落在了一个小山丘上，离我静坐的地方还不到二百码远。这让我逮住了好机会欣赏它进餐。它处置那条鱼的方式跟对待老鼠或野鸭如出一辙：用一只爪子按住鱼，用长长的爪子穿透鱼的身体，就像撕纸一样野蛮地将它撕成碎片。在这个过程里并没有用到喙，只不过会像进食中的鹦鹉一样用脚把撕碎的鱼肉送

上去，再用喙接住食物而已。它像饿极了似的狼吞虎咽，把所有东西都吃得一干二净，连鱼骨头也不例外。然后，它跳到小山丘的顶上，直挺挺地站着，把全身的羽毛抖得蓬松起来，让自己显得大了一圈，然后就睡觉去了。我本准备偷偷再靠近一些，但刚发出一点儿轻微的动静就被它听见了。它立刻醒了过来，飞到了更远的地方。它的听力真是无与伦比。

猫头鹰的胃很特殊，不像其他鸟那样长有嗉囊。猎物身上所有够小的

部位（猫头鹰有着大得不成比例的嘴巴和咽喉）都被它贪婪地吞了下去。等到肉被消化后很久，羽毛、皮和骨头仍残留在胃里，被胃酸软化后，所有能提供养分的东西都会被吸收，甚至连羽茎、羽根尖和骨髓也不例外。随后，剩下的干巴巴的残留物会被胃卷成小球并排出体外。

顺便一提，这种特性为寻找猫头鹰的猎人提供了一条最佳途径。抬头望天一无所获，而应该在大树下搜寻，假如能找到这么一堆野蛮盛宴后的奇特残余物，那就证明树上就是它的巢或栖息处。

这只甘当渔夫的猫头鹰无心对身边挤挤挨挨的野鸭们下手，这似乎很不寻常。我想，它应当很少在白天袭击鸟类。在白昼长达数月的北方接受了长期训练的它，已经练出了一双在阳光下和黑暗中都能看得一清二楚的眼睛；在我们南方，它每天大部分的时间都会用来沿着海滩捕猎。在这种时候，鸟类是绝不会受到它的骚扰的。它似乎清楚自己并不善于闪避，而这些鸟的动作都比它要快，趁它们打盹时捕猎也是痴心妄想。所有的鸟——连幼鸟也不例外——在阳光下对它毫无忌惮，尽管在晚上，只要一想起雪鸮，它们就会在瑟瑟发抖中度过睡前的时光。

我曾经亲眼见它身边不停地叽叽喳喳的雪鸮。有一次，我看见它混在一群海鸥之间飞向大海，而海鸥们对它视若无睹，毫不在意。还有一次，我见到一只雪鸮从在水草中梳理羽毛的一大群野鸭的上空飞过。它头也不回地径直飞了过去，而野鸭们也只是稍停了一下梳妆的动作，抬起一只眼睛好将它看得更清楚而已。假如当时是在黄昏，整群野鸭一定会在听到第一声受惊的嘎嘎叫声后立刻直冲云霄而去——只有一只得留下来陪着雪鸮，因为它已经被抓住了。

雪鸮最喜欢的捕猎时间是黄昏过后的一小时后或天亮之前，因为那会儿鸟都在自己的栖息处不安地活动着。它造成的威慑感笼罩在每只鸟的身上——那凶猛的眼睛搜寻着扫过每棵树、每片灌木丛和草丛，那敏锐的耳朵探测着最轻微的啁啾声、窸窣声和小爪子抓挠栖木的声音。没有哪种声音能逃过这对耳朵。那宽阔而柔软的翅膀飞行起来无声无息，一点儿也不会暴露它的踪迹；它的突袭既迅速又精准，不会发出一点儿声音。在狩猎时，它就像伟大的射手宁录 [①] 一样沉默、安静。

猫头鹰飞行起来像扫过的云影一样无声无息，这也是它最非同一般的地方。那双翅膀惊人地适应了在黄昏对鸟发动奇袭时必要的无声运动。它的羽毛又长又软，羽茎上的那层向外延伸的薄膜不像别的鸟那样最终形成锐利的羽边，而是逐渐拉伸成为纤细的毛尖。这样，在快速振翅时，从中穿过的空气不会发出一点儿声响。在寂静的晚上，鸭子翅膀的呼呼声在两三百码外就能听见。鹰在向上攀飞时，它的翅膀会在风中发出丝绸般的飒飒声。麻雀在改变飞行路线时，它的翅膀也会震颤有声或呼呼作响。鹌鹑或松鸡受到惊吓时产生的那种骚动更是人尽皆知，但当一只大猫头鹰展开它五英尺长的翅膀快速飞过时，哪只耳朵都没法听到它的动静。

尽管如此，它却很清楚什么时候该改变策略。某天黄昏，我看见一只猫头鹰在一片长满了灌木和枯草的野地上盘旋，那种地

---

① 宁录：《圣经·创世纪》中的伟大猎手，英勇无匹。

方是草地鹨最喜欢的冬日栖息地。从它的表现看来，它已经察觉到猎物就在附近。因为它始终在某个地方的上空徘徊，无声无息地盘旋着；虽然忽左忽右，但终究还是会飞回来。突然，它的双翅越过头顶猛地相互撞击，发出响亮的拍打声，随即立刻俯冲了下去。这是个聪明的花招。下面的鸟儿会被这声音惊醒，或是因为惊吓而转头张望；而只要它一有所动作，猫头鹰就能立刻得手。

所有的猫头鹰都习惯一动不动地栖在环境和它羽毛的主色一致的制高点，一察觉到有任何暗示着猎物的声音或动静就会猛扑下去。长耳猫头鹰或雕鸮总是会选择颜色较深的树桩，当落在上面时，它看起来就像是树桩的一部分，因而极难被察觉；而雪鸮身上主要的颜色是浅灰色，因此会选择桦树或被雷击过的树桩，直挺挺地、一动不动地栖着，这样，即便它面前无遮无拦也能很好地隐藏自己，需要相当好的眼力才能发现它。

动辄就要发动突袭的习惯让它们有时会犯些离奇的错误。有两三次，我只不过想静静地坐在森林里看看鸟，但我的脑袋却被猫头鹰误当成了老鼠、松鼠或其他毛茸茸的四足动物；它们朝我的脑袋猛扑过来，用翅膀扑扇着我的脸，其中有一次还曾用那双利爪抓伤了我，然后才发现是闹了乌龙。

若是叫乌鸦撞见了一只这种浑身雪白的访客，它们就会像见到其他猫头鹰时一样大惊小怪，闹出震天响的动静。这种时候，雪鸮会在堤岸下或岩石的背风处找个让乌鸦没法从身后骚扰它的栖身地，然后对它们怒目而视。如果哪只乌鸦胆敢靠得太近，势必就要大祸临头：随着一个猛扑，一次爪抓，一声软弱的鸦叫，一切都结束了。但这似乎会让鸦群愈发变本加厉地狂热起来——而你可以趁此机会从猫头鹰的身后快速靠近。但假若被鸦群发现了，你必须立刻卧倒，因为雪鸮一定会察觉到鸦群这突如其来的警觉而四处张望一番。假如没发现任何可疑之处，它便会回到自己的栖身处吃起刚杀的乌鸦来，要么就是等一切喧嚣平静后好好休息一下自己那对敏感的耳朵。与此同时，鸦群会蹲在远处静静地望着你和猫头鹰。

这时便会发生一件奇怪的事：当你悄悄地向雪鸮靠近时，片刻之前还围着它们的敌人愤怒地吵嚷的乌鸦们，此时却怀着强烈的兴趣瞧着你。当你爬到离它藏身的岩石还有一半距离时，它们揣测着你的意图，开始低沉而急促地唠叨起来。你可能以为它们很乐于看到雪鸮遭遇突袭并被杀，但这根本有悖于乌鸦的本性。如果能自己把猫头鹰活活烦死，这是它们喜闻乐见的；但如果眼见它要丧命在一个共同的敌人手里，它们绝不会袖手旁观。这时，它们那种唠叨声戛然而止。两三只敏捷的飞行员离开了鸦群，在你身边打了几个转，而后加速朝岩石飞了过去，同时发出短促的警告声。一听到那所有鸟儿似乎都懂的尖锐叫声，雪鸮立刻飞到空中，转身，发现了你。随即，它就会飞到海滩上空，远远地离你而去。在疯狂的喧嚣声中，乌鸦们飞快地跟了上去，很快又逼得它找地方躲了起来——但这样一来，倒是给你省了不少麻烦。有乌鸦关注着你，你想追踪任何猎物都是徒劳的。

圣诞颂歌

当你在冬日漫步的时候，有时会撞见一群奇怪的鸟——毛茸茸的灰色旅鸟，几乎和知更鸟一样大——轻柔地叫唤着在草坪上飞来飞去，或在地上觅食。它们性情温顺，胆子大得很，你越走越近，它们却几乎不会往旁边躲闪。它们的喙又短又厚；它们的脑袋后面以及尾巴上方的一大片都呈金棕色；翅膀之间分布着窄窄的白色条纹。周身的其余部位都是浅灰色，上部较深，下部较浅。如果你观察它们在地上的样子，你会发现它们走路的姿势很奇特。当它

们站在一个地方不动时，那样子像极了金翼啄木鸟。过了一会儿，它们把一只脚放到另一只的前面，颇为滑稽地试图用庄重的方式走路，很有点像画眉；又过了一会儿，它们又像知更鸟一样蹦跳起来，但动作要笨拙得多，似乎它们并不太习惯走路，而且也不太会使用自己的双脚一样——而这完全是事实。

这种鸟便是松雀，是从遥远的北方来此过冬的旅客，但它们的到来并没有太多规律可循。只有在最为严寒的冬天，当厚厚的积雪包围了哈得逊湾的时候，它们才会离开筑巢的地方，来到荒凉的新英格兰，并将这里当作避寒胜地来度过数周的时间。它们跟我们相处的时间短暂，充满了不确定性。在第一只蓝知更鸟在旧栅栏上朝着我们啁啾时，松雀早已哼起了春的小调，在拉布拉多的森林唱着属于它们的情歌。

奇怪的是，我们在冬天看见松雀群里几乎全是雌鸟，雄鸟极为罕见。雌鸟羽毛艳丽，胸前的羽毛是漂亮的深红色，你只要看上一眼就能立刻辨认出来。有时候，松雀群里会出现几只小雄鸟；但是，直到它生命里的第一次交配季将它胸部的羽毛染成深红色以前，它们和羽毛颜色素净的同伴几乎无异，难以区分。

顺带一提，这种深红色的胸羽是松雀的家族标志或纹章，就像鲜红色的羽冠是所有的啄木鸟的标记一样。如果你在森林深处向一个密克马克族人询问松雀为什么会生有这种胸羽，他可能会告诉你一个故事，让你感到兴趣盎然，就像你在童年听到那个关于海华沙① 和啄木鸟的传说时一样。

假如说身上有这一抹骄傲的深红色的成年雄鸟难得一见的话，

① 海华沙：美洲易洛魁联盟的酋长，奥农多加部落印第安人的传奇领袖。

它那动听的歌声就更是如此了。只有在森林的最深处，在从没有
人听说过的遥远北方的荒僻河边，它会出现在高耸入云的云杉顶
上迎接日出。在那里，它会在它那一身朴素灰色的小妻子的耳边
唱起鸟类中最甜美的爱情歌谣。那是一条流淌着柔和颤音的清流，
像冰面下的小溪一样叮叮咚咚，音符在一股和谐的安宁的狂喜中
相互碰撞；也像隐夜鸫的吟唱那般圆润动听，但还要轻柔得多，
似乎生怕被配偶之外的其他鸟听见了似的。熟悉玫胸白斑翅雀歌
声（并非是它那听起来像知更鸟的春之歌，而是献给它那孵化后
代的配偶的优美啭鸣）的人可能认为松雀的曲调比前者还要甜美
无数倍，并开始搜肠刮肚地思考有什么能跟它的歌声相媲美。

　　在冬旅的期间，它有时也会忘乎所以，像其他鸟一样唱起歌
来，只因为它的世界是光明的；然后，借着某个一生仅一次的机
会，新英格兰的某个爱鸟人会听见它的歌声，并铭记在心，而他
余生的时间都在懊恼，为何北国的生活会让山雀成为如此怕生的
旅客。

　　在几年前某个圣诞节的早晨，新下的皑皑白雪铺满了所有的
森林和田野。它在平安夜落下，柔软地紧贴在万物之上。现在，
所有的老墙和篱笆都成了白雪雕花的长凳；每根篱笆桩和树桩都
披上了一件柔软的白色长袍，戴上了一顶白色的高帽；每片灌木
丛和矮树林都成了由白色拱门和闪耀的圆柱构成的美轮美奂的仙
境；黑暗的洞穴的外墙镶嵌了由白银和珠宝构筑的精致霜花。当
太阳升起，照耀其上时，那璀璨和华彩更是难以用言语来形容。

　　我赶在日出前出了门。很快，一只绒啄木鸟欢快地向我道
了早安，在我前面蹦蹦跳跳地飞着，带领我来到了一片散落着常

绿树丛的荒地。如果想要安安静静地瞧瞧这些鸟儿，没有比暴风雪后的早晨和常绿树丛更合适的时机和地点。假如你能找到它们（这很难保证，因为它们总是在暴风雨来临之前就神秘地消失了），就会发现它们安静得异乎寻常，就算你盯着它们细细地瞧，它们也毫不在意，更不会忽然飞走，逃往树林深处。

　　我还没翻过墙去，忽然听到了一阵陌生的鸟鸣声，于是便停下脚步，仔细聆听。听到那令人吃惊的歌声，你会觉得唯有圣诞节的祝福才能甜美至此。它让听见的人心中顿生不似在人间的恍惚感，以至于忍不住驻足，疑心是否是自己的耳朵出现了幻听，担心这音乐或景致都是会忽然消失的虚假存在。那歌声连绵不断——轻柔悦耳的啼鸣，满溢着甜蜜，引人遐想；那遐想是六月的草地，夏日的黎明，而不是被白雪覆盖的常青树丛，不是严冬的圣诞季①。你的耳朵没法辨别这歌声是从哪儿传来的，这进一步加深了那种不真实感；它独特的低沉质感完美地隐藏了它传来的方向。我搜寻着面前的树丛，里面并没有鸟；我瞧了瞧身后，那里也没有能供鸟唱歌的地方。我又想起了红尾鸲。这种鸟有时会在岩石间唱着小曲，却不肯现身，只要你开始找它，它便会逃开躲起来。我又在墙头上找了找，但那里的积雪上并没有鸟的脚印。那美妙的颂歌始终没

---

① 圣诞季：指圣诞节前后的那一段时间。

有停下来过，一会儿是在半空中，一会儿又出现在我身畔。我越是聆听，就越是困惑。足足搜寻了半小时，我才终于锁定了那声音的位置，这才恍然大悟。那是一棵树冠长得郁郁葱葱的冷杉。跟别的鸟一样，到了夜晚，那只不明身份的小鸟便飞到了可以庇身的树冠上，紧挨着树干睡起觉来。晚上，柔软的积雪在柔韧的树枝上堆得越来越厚，受到重压的枝梢往下弯曲，碰到了下面的树干，因此形成了一个绿色的棚子，棚子的四周被下了一整晚的雪严严实实地盖了起来，形成了一个完全密闭的空间。那只鸟成了被困在里面的囚徒，当清晨的阳光透过它牢房的雪墙照射进去时，它便开始唱起歌来。

我听着歌，被这欢乐的歌声和小乐师的新奇处境逗得乐不可支。这时，有一团雪因日晒而松动，从雪棚上滑了下来，一只松雀出现在了"门"口。它似乎对外面这崭新、洁白而美丽的世界感到好奇不已，四下环视了好一会儿；然后，它跳到最高的树枝上，把它那深红色的胸膛对着初升的太阳，唱起了对清晨的颂歌。这时，它的声音不再是含混不清的了，而是像黄昏时响起的画眉鸟钟一样甜美而清脆。

很久以后的某一天，我在新不伦瑞克省的森林深处听到了它更为轻柔的情歌，并发现了它的巢穴。直到那时，我才知道它还会在拉布拉多的南部筑巢。但尽管如此，在这种发现的喜悦里，却少了一份蕴含在当日那难得一闻的甜美颂歌中的魅力。当我们南部的鸟儿还在欢度圣诞时光，用歌声称颂着佛罗里达州的黎明时，它像所有的美好事物一样，突如其来，不期而至。

Fowls of the Air
空中的飞禽

小金嗓白喉带鹀

　　白喉带鹀第一次出现，在我帐篷的横杆上唱歌时，寒意正浓，森林里一片潮湿，对人的耐性和脾气是极大的考验。大湖里钓不上什么鱼来，四处都能看见开化的痕迹，那并非我们所乐见的；于是西蒙斯和我沿着河流向上，在雨中赶了三十英里地，来到了一片小湖上，终于，苍茫的荒野上只有我们自己了。

　　雨还在不停地下着，湖面笼罩着一层白纱，森林里雾蒙蒙的，还刮着风，我们把独木舟推上岸，搁在一棵老雪松旁，以此作为我们营地的记号。一开始，我们找了些大树枝，生了一大堆火把它们烘干，这样就能在上面睡觉了，然后我们就开始搭起各自的房子来。西蒙斯搭的是间树皮屋，而我的则是个小帐篷。事毕后，我待在自己的帐篷里，正从橡皮袋里往外掏干燥的衣物，忽然听见白喉带鹀欢快地叫唤自己的印第安名字的声音："听啊，甜甜的

169

喊啰哩，哩啰哩，哩啰哩！"其时，雨点持续不断地打在帐篷顶上，它那快活的声音让人听起来十分愉悦，引得我走了出去，一心想瞧瞧这欢迎我们来到荒野的小家伙。

西蒙斯也听到了它的歌声。这会儿，他正双手撑地地跪着，黑黢黢的脸贴着树皮屋的基桩偷偷瞧着，以便能更好地打量我帐篷上的小歌唱家——"是白喉带鹀在横杆上唱歌，天气要转好了，我们的运气也要变好了。"他信心十足地说。随后，我们给这位小客人洒了些饼干碎屑，然后一觉睡到阳光灿烂时才醒。

这便是我们长期交往的开端，它也是住在我帐篷后面的山腰上的一大群白喉带鹀中的第一个访客。此后，它们一个接一个地为我们献唱，与我们相熟，分享我们的食物碎屑。在阴雨绵绵的天气里，当森林里的潮气比湖边还要重的时候，西蒙斯会明智地选择睡觉，我则待在帐篷里，要么看看书，要么摆弄鳟鱼钓竿。每当这时，帐篷的门帘下面总会传来轻微的骚动和窸窣声。如果我悄悄地爬出去，便会看见白喉带鹀正在翻看我的物品，想看饼干是从哪儿长出来的；或只是心满意足地待在门帘下，因为那里既干燥又舒适。

跟它们生活在一起感觉分外惬意，我们背后有群山，脚旁便是大湖，可以在拂面的微风里安稳地呼吸，或是在黄昏时分一边四处闲晃，一边心平气和地沉思。不论晴雨，白天或是夜晚，这些白喉带鹀总是森林中最灿烂的那一抹阳光、最快乐的小家伙们。

我渐渐理解并爱上了密克马克族人给它们取的名字"小金嗓"，因为它实在是恰如其分。

密克马克族人称它为"报时鸟"，因为它们的歌声每小时就会响起一次，能起到报时的作用。"跟白人的手表一样准"——的确如此。在北方的森林里，不论白天还是晚上，你几乎每个小时都能听见白喉带鹀的吟唱。其他的鸟在赢得配偶的芳心后便会逐渐沉默起来，或是随着夏季的推进变得越来越胖，越来越懒，一心挂念着它们的后代，没时间也没心思再去唱什么歌了。唯有白喉带鹀，不仅在赢取配偶后对其更加恩爱，还从不让"家庭"琐事或夏日夺走它的音乐；因为它知道，整个森林都会因为它的歌唱而变得更加明亮。

到了夜间，我有时会离开营火，追踪在山间蜿蜒的鹿径（鹿群长期行走踩出来的小径），或悄悄潜入黑暗的灌木丛里，点燃安全火堆。火光蹿起来，照亮了周围一小圈安静的树叶。这时，我身边的灌木丛里或头顶的冷杉上会传来一阵骚动；然后，如积雪下的溪流般的叮咚声穿透了黑暗，低而清脆的旋律随之响起，让我的心也跟着轻舞起来——"我在这儿呢，甜甜的喊啰哩——哩啰哩——哩啰哩"——这便是我那温柔的邻居吟唱的晚安曲。沿着小径再走一段路，点燃另一根火柴，就又会听到另一首曲子，让听见它的人心情更好，休憩更为恬静。

那时，我经常在白天听它们唱歌。它们一口气能唱上几个小时，为了让自己的歌技臻于完美而不断地练习。这样做的都是小一些的鸟，它们让我困惑了很长时间。听过白喉带鹀唱歌的人都会记得，它的曲子是以三个清脆而甜美的音符开头的，但是很少

人会留意到第二和第三音符之间的停顿。我注意的第一件事就是：有些鸟会把开头连续地唱上二十遍，但永远都不会唱第二个音符以后的部分。这时，如果我悄然走近，便会看见它们神情落寞地栖在阴影之中，而不会来到它们喜爱的吟唱地点——外面的阳光之中。它们那小小的翅膀和尾巴都耷拉着，一举一动都透着股挫败和沮丧感，看起来别提多可怜了。但这些歌唱家也终究有能唱到第三个音符的时候，这种情况下，它们通常都会把一个啭声"哩啰哩——哩啰哩"无限拉长，而不是重复两三次开头便戛然而止，因为这才是优秀歌手掌握的规律。之后，它们便会从阴影中飞出来，轻快地四处飞舞，以胜利者的姿态再次唱起歌来。

有一天，我正一动不动地趴在矮树丛里观察一只小林姬鼠。这时，一只美丽的雄性白喉带鹀——同时也是一位无可指责的歌手——飞到我头顶正上方的树枝上唱起歌来，完全没有注意到我

的存在。这时，我发现它的第二个音符后出现了一个啭声，听起来像是非常优雅的花音或是自如切换的真假音。此后，我也曾尽可能接近它的同类歌者仔细聆听，结果发现这个啭声总会出现，也是整首歌里的一个难点。你得离鸟儿很近才能品味出这小小真假音切换的美妙之处：在十英尺开外的地方，它听起来就像一阵细微的咯咯叫，还会影响到第三音符的过渡；而要是再离

得远一点儿，你就根本听不出它来了。

不管是出于什么目的，白喉带鹀都将此视为它歌曲中举足轻重的部分，除非能把第二个音符完美地唱出来，否则它断然不会开始唱第三个音符。这就能解释为什么很多时候你只能听见前两个音符了，也能解释为什么你偶尔会听到的那种拖长的啭声。当小鸟多次尝试发出那种花音而始终未能如愿，然后又意外地成功了时，它对自己会如此满意，以至于忘了自己并不是能像小溪那样无休止地唱下去的北美夜鹰；只要还剩一口气，它会把最后的"哩啰哩——哩啰哩"一拖到底。

不过，在所有的白喉带鹀中——我很快就能认出它们中的不少成员，或通过区分歌声，或通过辨认它们生有斑纹的顶盖或棕色体羽上的特殊之处——最有趣的当属那只第一个栖在我的横杆上，对我光顾它的营地表示欢迎的。没过多少时日，我就能一眼认出它来了：它的顶盖颜色明亮，白色的喉结异常饱满，唱起歌来从来不会卡在第二个音符上，因为它已经完美地掌握了那个啭声。而且，它比其他的鸟更友好，胆子更大。就在我们到来的第二天早上（就像西蒙斯和白喉带鹀预言的那样，天气果然转好了），我们正在营火边吃早餐，它飞了过来，落在附近的地面上，斜着脑袋，好奇地看着我们。我给它扔了一大片食物碎屑，可这却叫它害怕地飞走了；可是，当感觉我们已经没有再看它时，它又悄悄地飞回到了食物旁边，碰了碰，尝了尝，最后把它整个儿吃掉了。当我再次给它投食时，它便跳了过去，坦然接受了。

从那以后，它便经常过来吃饭，挑剔地望着我摆放在脚边的

它已经完美地掌握了啭声

174

锡铁盘，严苛地从我给它提供的饼干、鳟鱼、培根和粥里挑选出想吃的，然后带着那一小份食物离开。这时，我仍能听见它的动静：它就在灌木丛的边上，竭力劝说配偶也过来与它一起分享自己的盘中餐，但雌鸟比它要怕生得多。过了好几天，我才看见它在那片阴影笼罩下的矮树丛间飞进飞出；而当我第一次向它投食时，它受到了极大的惊吓，立刻飞走了。不过，渐渐的，雄白喉带鹀劝服了它，让它相信我们是善意的，于是它也开始经常来吃饭了；但是，除非我离开，否则它永远也不会为了吃锡铁盘里的食物而靠近。

后来，它们俩每天都至少会有一只栖落在我的帐篷上。清晨，当我像只出壳的海龟一样把头探出来查看天气时，白喉带鹀

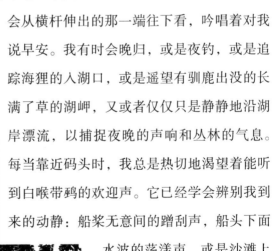

会从横杆伸出的那一端往下看，吟唱着对我说早安。我有时会晚归，或是夜钓，或是追踪海狸的入湖口，或是遥望有驯鹿出没的长满了草的湖岬，又或者仅仅只是静静地沿湖岸漂流，以捕捉夜晚的声响和丛林的气息。每当靠近码头时，我总是热切地渴望着能听到白喉带鹀的欢迎声。它已经学会辨别我到来的动静：船桨无意间的蹭刮声，船头下面水波的荡漾声，或是沙滩上的卵石相互摩擦的声音。西蒙斯已经睡了，营火也变得微弱了，在这种时候，若能在黑暗之中听到一个欢

快的小声音欢迎你回来，也算是一种宽慰；因为只要听到我发出的动静，它总会唱起歌来。有时候，我也会试着吓唬它；但是它的睡眠实在太轻，耳朵又格外灵敏。把独木舟推到岸上的老雪松旁的过程总是无声无息的，但只要我脚下的碎石被踩出嘎扎嘎扎的声响，或是我举起独木舟时发出摩擦的动静，它就会立刻醒过来；而它那甜美的、兴高采烈的歌声就会从它巢穴所在的黑暗的灌木丛里传出来："我在这儿呢，甜甜的喊啰哩——哩啰哩——哩啰哩。"

幼鸟离开后，白喉带鹀对自己的巢是否暴露便不再那么紧张了，直到这时，我才发现它们的巢离我的帐篷还不到十码远。如今回想起来，这是件值得高兴的事。我知道它们的巢就在离鹿径不远的那丛灌木里，从我的火塘那儿就能一眼辨出遮蔽着它的那根粗枝，因为我总是看见它们在那儿飞进飞出。我毫不怀疑，白喉带鹀会放下戒备在那儿欢迎我；但是在这件事上，它的配偶却从未把自己的畏怯搁到一边。只要我注视着，它永远不会直接飞进巢里。我明白，假使我能尊重它的这个小秘密的话，它会更加喜欢我。

没多久，随着白喉带鹀的配偶来访次数的减少和它带走的食物分量的变化，我知道雌鸟已经开始孵蛋了。过了段时间，两只鸟又开始同时出现，但不再是饥肠辘辘地忙着给自己填肚子，而是各自带着自己能带走的一块分量最重的食物，然后急匆匆地赶回巢里。这时，我便知道，小家伙们已经破壳而出了；于是，我对锡铁盘的供给更加慷慨了，还把它挪到了那棵老雪松的脚下，因为只有放在那里，白喉带鹀的配偶才敢随时去取用食物。

在那之后不久的一天，我钓了一早上的鱼回来，正坐着吃自己误了时的早餐时，矮树丛里忽然传来了不小的骚动。随即，白喉带鹀偷偷地溜了出来，咋咋呼呼的，带着一副煞有介事的神气在灌木和雪松旁的盘子之间跑来跑去，用自己的方式高叫着："在这儿呢，就在这儿呢。对啦，就在这棵老树旁边，跟往常一样。有饼干，有鳟鱼，有黑面包，还有粥呢。来啊，来吧，别怕。他在这儿，但他不会害我们。我很了解他。来吧，来吧！"

很快，它那羽毛灰蒙蒙的小配偶就在灌木丛边上出现了。经过好一番审慎的考量过后，它才朝着早餐跳了过去；而在它身后，五只小白喉带鹀排成一条长队蹦跶着，呼扇着翅膀，吱吱喳喳，跌跌撞撞的——全都对这个大大的世界充满了畏惧，但又因饥饿而急不可耐地朝着可以自由食用的饼干和粥而去。它们一会儿用饥饿的眼睛瞥一眼老雪松下面的盘子，一会儿又停下来歪着脑袋打量我这个只长了两条腿的大型动物——白喉带鹀向它们无数次保证过，这家伙是完全可信的。

从那以后，经常跟我们一起共进早餐的客人数从两个变成了七个。当我心怀感激地喝着茶，吃着鳟鱼时，它们会用那小小的喙敲击锡铁盘，发出欢快的"叮叮当当"的敲击声，充满了活力，让人听了心情舒畅。只要一抬眼，我就能看见它们在我赐予的食物旁围成一个不断晃动的褐色的圈；就在它们身后，沙滩上涟漪阵阵，远处的湖面在阳光的照射下闪闪发光，独木舟一点点地蹭下码头，晃晃悠悠地转了向，朝着涟漪频频颔首，召唤着我吃完早餐后赶快过去。

但是，在这群小白喉带鹀习惯世事之前，整个夏季露营中最

有趣的一件事发生了。那是它们初次露面后的一两天，它们只知道在我的营地里有食物碎屑，还有欢迎它们的人等着，却还没意识到雪松根间的那个锡铁盘是为它们准备的特供。那天白天，西蒙斯为了铺设陷阱而外出寻找海狸的踪迹去了。我刚结束清晨的垂钓回来，正在准备早餐，忽然看见一只水獭自东岸上方的冷溪中钻进了湖里。我急忙抓了一把无花果，又从饼干盒里拿了些压缩饼干，划着桨去追赶那只水獭，因为如今能看到这种动物也算是一件稀罕事了。何况，此前我还在那条小溪的附近发现了水獭的巢穴。如有可能，我很想弄清楚母水獭是怎么教小水獭学会游泳的。因为，尽管水獭生性好水，大部分时间也都生活在水里，但小水獭们却像众多的小猫一样惧怕水。

闲话少叙。那一天下来，我并没能如愿，因为小水獭们已经学会了游泳，而且能游得很好了。我在一个绝妙的藏身处观察了那个巢穴两三个小时，也确实看到了母水獭和小水獭几眼。在回来的路上，我路过了一个小小的湖湾，遇见了一只正在教幼鸟学习潜水和捕捉鳟鱼技巧的母麻鸭。除此之外，我还看到了一只总蹲那里的大青蛙，而它也是我那段时间观察的对象之一。接着，我想起了西蒙斯设在两英里外的一个陷阱，于是又赶过去查看，想知道狡猾的食鱼貂——这个在冬天里总是破坏捕黑貂陷阱的家伙，是否栽在了自己擅长的游戏上。就这样，到了下午，划着桨往营地赶时，我已是饥肠辘辘。这时，我忽然想到，白喉带鹀说不定也在挨饿，因为我忘了给它喂食了。它最近长了些心眼，有点贪图安逸了，只要能得到冷的煎鳟鱼和玉米面包，就绝不会费心去抓昆虫。

我静静地登了岸，悄悄地走到帐篷边，想看看它是否在门帘下面翻我的东西，因为我离开时它偶尔会这么干。这时，我听到一阵奇怪的空洞的"叩叩"声。我越是走近，那声音就越大。我偷偷地来到那棵大雪松下，因为在那儿能看到火塘和帐篷前的那一小块空地。我首先注意到的就是，由于急着追赶那只水獭，我离开的时候竟然忘了盖饼干盒（里面几乎已经空了）的盖子。那奇怪的声音就是从饼干盒里传出来的，并且每一刻都在变得更为急切——"叩叩，叩叩叩，叩叩！"

我想看看这一路寻到了饼干盒里去的到底是什么鬼东西，于是手脚并用地爬到饼干盒旁边，目光越过盒子的边缘好奇地望向里面。原来竟然是白喉带鹀和它的夫人，连同它们的五只小鬼头。一眼望过去，它们不过是七个忙忙碌碌的棕色背影和摇摇晃晃的小脑袋，啄饼干啄得正欢。它们的喙敲击着空饼干盒，因此才会发出那种能从露营装备里传出来的最喜庆的敲击声。

摸清状况后，我又悄悄地离开，比来时更加小心翼翼。然后我站在帐篷门口，吹起了平常喂鸟时的哨音。白喉带鹀立刻出现在了饼干盒的边缘上，看起来异常吃惊。"我以为你离开了呢，怎

么回事，我没想到你在家。"它似乎在对我这么说着。接着，它咯咯叫了两声，于是那"叩叩"的声音立刻停止了。它又咯咯叫了一次，这回轮到它的夫人现身了，看起来惶恐不已；接着，五只小白喉带鹀陆续跳了出来，它们一家子排成一长条，肃穆地蹲在饼干盒的边缘上，还歪着脑袋，以便能更好地看清我。

"看看！"白喉带鹀说，"我不是说过他不会伤害你们吗？"然后，五只小白喉带鹀以眨眼般的速度又回到了盒子里，那"叩叩"的声音再次响了起来。

这种暗示着它们可以随心所欲、可以安心取用发现的任何食物的包票，似乎消除了它们心中的最后一丝疑虑，连它那小小的灰蒙蒙的配偶也释然了。从那以后，它们大部分时间都待在我的帐篷附近，永远不会离开太远；而在我吹响口哨并分撒食物碎屑时，它们也不会因为太过于忙着捕昆虫而抽不开身回来。小白喉带鹀长势喜人，这也难怪！它们总在吃东西，总也吃不饱。在食物的分量上，我煞费苦心地吊着它们的胃口，这样便能经常获得喂养它们的那种满足感；而不管什么时候，当我钓鱼归来时，都会发现它们锡铁盘里的食物早已被啄得一干二净了。

在我们最终划着桨离开那片荒野后，那一年的时间里，白喉带鹀是否会觉得森林变得空荡荡的了呢？这个问题回答起来一言难尽，或者说，需要耗费时间观察才能给出答案。离开一个不错的宿营地总不免让人感觉有些遗憾，但我在打包物品时，从来没有像那次那样心有不甘过。白喉带鹀的歌声一如既往的欢快。但是，当它在我的横杆上唱歌时，我的心弦却附和着它那并未出现的啭声而悲鸣起来。离开之前，我烤了一条又大又硬的面包，用棍子固定在那棵老雪松下面，在下面搁了个锡铁盘，上面用一块树皮遮挡。这样，当遇到下雨天，昆虫都躲进树叶下，而捕猎也因为森林的潮湿而变得无趣时，白喉带鹀和它的小家伙们还是能找到食物，顺便记起我。就这样，我们划着桨离开了，把它们留在了荒野之中。

一年以后，我的独木舟再次碰到了那个旧码头。此前的十个月内，我一直待在城市里，那里没有白喉带鹀的鸣唱，荒野里度过的日子也变成了一段回忆。秋天里，在长途跋涉的途中，我曾偶然瞥见过这些小小歌唱家的身影，它们孤独而又沉默，赶在冬天之前悄然向南迁移。当春天来临时，它会偶然出现在乡村道路边的矮树丛里，显得急切而不安，喊喊喳喳地叫着，匆匆忙忙地朝北赶，因为那里的溪流已变得清亮，林子里的大树也开始萌芽了。但在那段时间里，它的歌声始终未曾响起过。此时，我的耳朵实在太渴盼着能听到它的声音，于是跳出船来，急切地朝那棵大雪松跑去。棍子和锡铁盘还都在，遮蔽用的树皮早已被冬天的积雪压垮了；面包已经不见了，白喉带鹀留下的面包屑也早已被小林姬鼠心怀感激地吃掉了。我找出了那根老帐篷竿，慢悠悠地搭起自己的住处来。一时间，往昔无数快乐的回忆涌上心头。而一个清脆的鸣叫声夹杂在这些回忆中间传了过来——是它来了。那同样饱满的喉结、同样色泽明亮的顶盖、同样完美的吟唱，使我的神经刺痛起来："我在这儿呢，甜甜的喊啰哩——哩啰哩——哩啰哩！"而当我把食物碎屑放在老火塘边时，它径自飞了下去享用起来，而且跟从前一样，在飞走时带走了其中最大的一块，然后回到了那条鹿径旁边的一处新巢里。

空中的飞禽

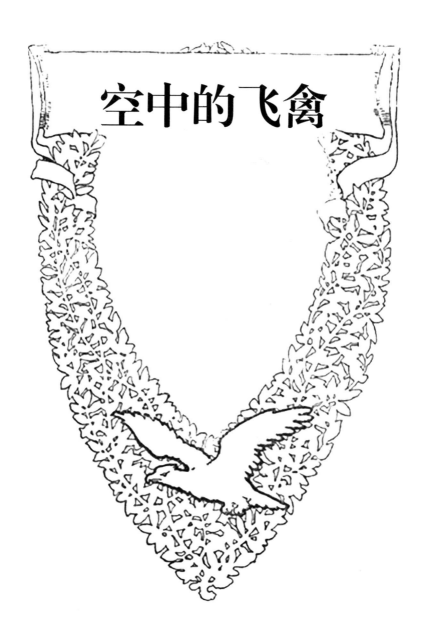